AF217540

Tucholsky  Wagner  Zola  Scott  Sydow  Schlegel
Turgenev  Wallace  Fonatne  Freud
Twain  Walther von der Vogelweide  Fouqué  Friedrich II. von Preußen
Weber  Freiligrath
Fechner  Fichte  Weiße Rose  von Fallersleben  Kant  Ernst  Frey
Richthofen  Frommel
Hölderlin
Engels  Fielding  Eichendorff  Tacitus  Dumas
Fehrs  Faber  Flaubert
Maximilian I. von Habsburg  Fock  Eliasberg  Zweig  Ebner Eschenbach
Feuerbach  Ewald  Eliot  Vergil
Goethe  Elisabeth von Österreich  London
Mendelssohn  Balzac  Shakespeare  Dostojewski  Ganghofer
Lichtenberg  Rathenau  Doyle  Gjellerup
Trackl  Stevenson  Hambruch
Mommsen  Thoma  Tolstoi  Lenz  Hanrieder  Droste-Hülshoff
Dach  Verne  von Arnim  Hägele  Hauff  Humboldt
Karrillon  Reuter  Rousseau  Hagen  Hauptmann  Gautier
Garschin  Baudelaire
Damaschke  Defoe  Hebbel
Descartes  Hegel  Kussmaul  Herder
Wolfram von Eschenbach  Dickens  Schopenhauer  Rilke  George
Darwin  Grimm  Jerome
Bronner  Melville  Bebel  Proust
Campe  Horváth  Aristoteles
Bismarck  Vigny  Barlach  Voltaire  Federer  Herodot
Gengenbach  Heine
Storm  Casanova  Lessing  Tersteegen  Gilm  Grillparzer  Georgy
Chamberlain  Langbein  Gryphius
Brentano  Lafontaine
Strachwitz  Claudius  Schiller  Kralik  Iffland  Sokrates
Katharina II. von Rußland  Bellamy  Schilling
Gerstäcker  Raabe  Gibbon  Tschechow
Löns  Hesse  Hoffmann  Gogol  Wilde  Vulpius
Luther  Heym  Hofmannsthal  Gleim
Klee  Hölty  Morgenstern  Goedicke
Roth  Heyse  Klopstock  Kleist
Luxemburg  Puschkin  Homer  Mörike  Musil
La Roche  Horaz
Machiavelli  Kierkegaard  Kraft  Kraus
Navarra  Aurel  Musset
Lamprecht  Kind  Kirchhoff  Hugo  Moltke
Nestroy  Marie de France
Laotse  Ipsen  Liebknecht
Nietzsche  Nansen  Ringelnatz
Marx  Lassalle  Gorki  Klett  Leibniz
von Ossietzky  May  Lawrence  Irving
vom Stein
Petalozzi  Knigge
Platon  Pückler  Michelangelo  Kafka
Sachs  Poe  Liebermann  Kock
de Sade  Praetorius  Mistral  Zetkin  Korolenko

Der Verlag tredition aus Hamburg veröffentlicht in der Reihe **TREDITION CLASSICS** Werke aus mehr als zwei Jahrtausenden. Diese waren zu einem Großteil vergriffen oder nur noch antiquarisch erhältlich.

Symbolfigur für **TREDITION CLASSICS** ist Johannes Gutenberg (1400 — 1468), der Erfinder des Buchdrucks mit Metalllettern und der Druckerpresse.

Mit der Buchreihe **TREDITION CLASSICS** verfolgt tredition das Ziel, tausende Klassiker der Weltliteratur verschiedener Sprachen wieder als gedruckte Bücher aufzulegen – und das weltweit!

Die Buchreihe dient zur Bewahrung der Literatur und Förderung der Kultur. Sie trägt so dazu bei, dass viele tausend Werke nicht in Vergessenheit geraten.

# Kapitän Mansana

Bjørnstjerne Bjørnson

# Impressum

Autor: Bjørnstjerne Bjørnson
Umschlagkonzept: toepferschumann, Berlin

Verlag: tradition GmbH, Hamburg
ISBN: 978-3-8424-0365-9
Printed in Germany

# I.

Auf einer Reise nach Rom kaufte ich mir, ehe ich in den Waggon stieg, in Bologna die Tagesblätter. Unter denselben befand sich auch eine florentinische Zeitung, in welcher ein römischer Brief meine Aufmerksamkeit bald vollständig fesselte; denn er versetzte mich um dreizehn Jahre zurück, in die Zeit eines früheren Aufenthalts in Rom, und geradewegs zu meinen Wirtsleuten in eine Ortschaft unfern der Hauptstadt, welche damals noch dem Papste angehörte.

Die Korrespondenz meldete, daß die Gebeine des Patrioten Mansana, welche bisher im Verbrecherkirchhofe zu Rom gelegen, auf Ansuchen seiner Vaterstadt seien ausgegraben worden und nun in ein paar Tagen vom Gemeinderat derselben und von den Abgeordneten verschiedener römischer und anderwärtiger Vereine nach A., Mansanas Geburtsort, würden geleitet werden. Daselbst harrte der Leiche ein Denkmal und ein festlicher Empfang; der Märtyrer sollte seinen verspäteten Lohn erhalten.

Und in dieses Mansanas Haus hatte ich vor dreizehn Jahren gewohnt; seine Frau und die Frau seines jüngeren Bruders waren meine Wirtinnen gewesen, allein von den Brüdern selbst befand sich damals der ältere in einem Kerker zu Rom, der jüngere landesflüchtig in Genua.

Der Artikel schilderte des ferneren Mansana des Älteren Lebenslauf; bis auf den letzten Teil kannte ich denselben schon vorher, und gerade dies erhöhte meinen Wunsch, mich dem Zuge anzuschließen, welcher am nächstkommenden Sonntag von der Piazza Barberini in Rom ausgehen und in A. enden sollte.

Und Sonntag um 7 Uhr morgens, an einem grauen Oktobertage, stand ich auf dem Platze. Ich bemerkte eine Menge Fahnen, gefolgt von den Männern – in der Regel waren es je sechs –, welche jeder Verein dazu gewählt hatte. Ich hielt mich zu einer Fahne, welche die Inschrift »Kampf fürs Vaterland« trug und zu den Leuten, welche ihr in rotem Hemde, eine Schärpe um den Leib und einen Mantel um die Schulter, die Beinkleider in den Stiefelschaft gesteckt und den breitkrempigen Hut mit Federn geschmückt folgten.

Welche Gesichter! Welche Entschlossenheit!

Wenn man das bekannte Bild Orsinis gesehen, des Mannes, welcher Napoleon III. Bomben nachwarf, dann hat man das italienische Typengesicht dieser Männer vor sich, welche sich gegen die Gewaltherrschaft des Staates und der Kirche erhoben und, Gefängnis und Richtstätten Trotz bietend, sich zu schrecklichen Vereinen verbanden, – den Krystallisationspunkten des Heeres, welches nachmals Italien befreite. Und Napoleon war eben Mitglied eines solchen Vereines gewesen; gleich allen Kameraden hatte er geschworen, jede Stellung, welche er erlange, zu Italiens Glück und Einheit auszunützen, – wenn nicht, so habe er sein Leben verwirkt. Und der Mitcarbonari Orsini war es, welcher Napoleon an diesen Eid erinnerte, als derselbe Kaiser von Frankreich geworden. Und Orsini that es derart, daß Napoleon wußte, was ihn erwartete, wenn er den Eid nicht hielte.

Als ich damals Orsinis Bild betrachtete, war mein erster Eindruck der, daß zehntausend solcher Männer die Welt müßten erobern können. Und hier stand ich vor Menschen, welche die gleiche Not des Volkes mit gleicher Willenskraft gerüstet. Nun hatte sich eine Art Ruhe auf diese Willenskraft gesenkt; allein etwas Düsteres über den Augen verriet, daß es nicht die Ruhe der Zufriedenheit sei. Die Medaillen auf ihrer Brust bezeugten, daß sie 1849 bei der Porta San Pancrazio gewesen, als Garibaldi zweimal die an Zahl überlegenen Franzosen zurücktrieb, daß sie 1858 am Gardasee, 1859 in Sicilien und Neapel mitgethan. Und was die Medaillen *nicht* erzählten, auch das gehörte wohl in ihre Lebensgeschichte, nämlich daß sie bei Mentana gestanden.

Solche von der Regierung nicht anerkannte Walplätze sind es, deren Gedächtnis sich am tiefsten in die Seele des Volkes eingebrannt hat. Und dies bekam Napoleon zu fühlen, als er sich Italiens Hilfe gegen Deutschland gesichert wähnte; Mentana verbot dem König und der Regierung, ihr Versprechen einzulösen; es würde dies eine Krone gekostet haben.

Der Gegensatz zwischen der finsteren, entsetzlichen Thatkraft des italienischen Volks und der spöttischen oder nur leichtfertigen Sorglosigkeit seiner Apathie ist nicht größer als der Gegensatz zwischen solchen orsinischen Charakterköpfen um mich herum und den bald höhnisch seinen, bald ganz unbekümmerten Gesichtern unter den

Zuschauern und den Repräsentanten, welche Fahnen mit Inschriften wie »freie Presse«, »Gedankenfreiheit«, »freie Arbeit« u.s.w. folgten.

Unwillkürlich mußte ich denken: es ist der Leichtsinn des einen Teils, welcher die Willenskraft des anderen hervorgetrieben hat. So groß, so allgemein war dieser Leichtsinn gewesen, daß nun die Energie der Wiedererhebung so mächtige so düster werden mußte.

Und durch mein Gedächtnis zog die Geschichte Italiens in ihren leichtsinnigen und in ihren willenskräftigen Gestalten. Ich zog kreuz und quer von Brutus zu Orsini, von Catilina zu Cesare Borgia, von Lucull zu Leo X., von Savonarola zu Garibaldi, und während dessen setzte sich der Zug in Bewegung, die Fahnen flatterten, die Ausrufer priesen schreiend ihre Blätter und Heftchen mit Mansanas Biographie an und die Prozession bog in die Via Felice ein. Stumm ging es vorwärts; in so früher Stunde lieferten die hohen Häuser wenig Zuschauer; noch weniger Menschen zeigten sich, als wir durch die Via Venti-Settembre am Quirinal vorbei kamen, etwas mehr, als wir zum Foro Romano hinab und dann am Coliseo vorüber zur Porta Giovanni zogen.

Vor dem Thore draußen harrte der Leichenwagen. Die Municipalität hatte denselben beigestellt und ihre Diener führten ihn. Derselbe bewegte sich sogleich vorwärts. Hinter dem Wagen schritten zwei junge Männer, der eine in Civilkleidung, der andere in der Uniform eines Bersagliere-Offiziers. Beide waren groß, mager, muskelig, mit kleinen Köpfen, kurzer Stirn, – beide einander in Gestalt und Antlitz ähnlich und doch so unendlich verschieden; es waren die Söhne des Verstorbenen.

Ich erinnerte mich ihrer noch als dreizehn-, vierzehnjähriger Jungen und der Umstand, an welchen sich diese Erinnerung knüpfte, war eigentümlich genug; ich erinnerte mich, daß ihre alte Großmutter nach ihnen mit Steinen warf und daß die Knaben in einiger Entfernung standen und sie nur auslachten. Ich erinnerte mich plötzlich ganz deutlich der mächtigen, zornvollen Augen, der sehnigen aber runzeligem Hände der alten Frau; ich erinnerte mich ihres emporgeträubten grauen Bürstenhaars und des kaffeebraunen Gesichtes, und nun, als ich die Jungen wiedersah, hätte ich fast behaupten mögen, jener Stein habe getroffen und er sitze noch fest!

Wie ihre Großmutter sie haßte! Hatten sie ihr dazu Anlaß gegeben! Gewiß; denn Haß erzeugt Haß und Krieg wieder Krieg. Aber uranfänglich? Ja, da war ich nicht dabei; aber erraten kann man es leicht.

Sie war frühzeitig Witwe geworden, die Alte, und stark und schön, wie sie war, betrachtete sie der Leute Gunst und Teilnahme als Einnahmsquelle für sich und ihre zwei Söhne, von denen nun einer hier auf der Bahre lag. Diese Söhne waren das einzige, was sie liebte, und zwar mit einer »rasenden« Liebe, und diese ermüdete die Söhne. Und wenn sie sahen, mit welcher List die Mutter den Vorteil, welchen sie , als schöne Witwe besaß, ausnützte, um für die Knaben Güter zu erwerben, so verachteten sie diese Liebe auch. Nachdem sie sich einmal von ihr abgewendet hatten, warfen sie sich mit ihrer Neigung auf ideale Gegenstände, auf Italiens Freiheit, Italiens Einheit, wie junge, feurige Kameraden es sie gelehrt hatten; der Mutter »rasende« Beschränkung auf das, was ihr angehörte, begeisterte die Sohne täglich mehr, alles dem Allgemeinen zu opfern. Sie hatten nicht bloß so viel Kraft wie die Mutter, sie hatten deren noch viel mehr.

Es gab schwere Kämpfe und die Mutter unterlag; doch erst dann völlig, als ihre Verbindungen in den geheimen Gesellschaften den Jünglingen einen Umgang geschafft hatten, welcher weit über die Stadt und den Kreis hinausragte, dem die Mutter angehörte. Dann führte jeder von ihnen eine Braut von viel angeseheneerem Hause heim, als das der Mutter gewesen, – mit einer Aussteuer, viel größer als die ihrige, mit einer Mitgift, welche sie bedeutend nennen mußte. Da schwieg sie eine Weile, denn es schaffte ja Vorteil, ein Vaterlandsfreund zu sein.

Allein die Zeit kam, wo beide Söhne sich flüchten mußten, wo der ältere eingefangen und in den Kerker geworfen wurde und ein schreckliches Aussaugungssystem ganz öffentlich Platz griff; – denn unredliche Beamte erkoren sich die wehrlosen Witwen zur Beute; es kam die Zeit, wo erst ihr Haus mußte verpfändet werden, dann der eine Weingarten und hierauf der andere, ja, es kam die Zeit, wo die Gläubiger den einen nahmen! Und es kam die Zeit, wo die vornehmen Gattinen der Mansanas, zwei Jugendfreundinnen, gleich Mägden im Felde, in der Vigne, im Hause arbeiteten, wo sie ihre Zimmer vermieteten und aufwarten mußten und zu all dem noch spottende Worte hinnehmen – nicht bloß von den Klerikalen, welche unter der päpstlichen Herrschaft auch die unumschränkten Gebieter der Stadt waren, sondern von anderen; denn sehr gering war damals die Zahl jener, welche die Frauen um des Opfers willen ehrten, welches ihre Männer dem Vaterlande gebracht und welche gleich diesen ihre Hoffnung auf Freiheit, Aufklärung und Gerechtigkeit gesetzt hatten. Nun hatte die Alte gesiegt! Allein wie? So, daß sie über ihre verschmähte Zärtlichkeit, ihre verschmähten Ratschläge, ihr verlorenes Vermögen weinte und sich erhob und den Söhnen fluchte, welche sie verlassen und geplündert hatten, – bis ein Blick ihrer älteren Schwiegertochter, ein einziger, stummer, sie wieder zum Kamine niederzwang, bei welchem sie müßig zu sitzen pflegte, wenn ein solcher Anfall über sie kam. Nach einer Weile ging sie dann hinaus und traf sie da die beiden Enkel, bei welchen sie leider schon den hellen Funken unter der kurzen Stirn zu entdecken glaubte, welchen sie an den Söhnen erst so geliebt und dann so gefürchtet hatte, so zog sie die Kinder blitzschnell an sich, warnte sie vor der Wegen ihrer Väter, schalt auf das Gesindel, welches keinen Schilling, geschweige denn das Opfer der Wohlfahrt, Familie, Freiheit wert war und verfluchte schließlich ihre Söhne, die Väter dieser Knaben; sie seien die herrlichsten, aber auch die undankbarsten und dümmsten, welche irgend eine Mutter dieser Stadt jemals geboren. Und die Unglückliche schüttelte die vor ihr stehenden Kinder.

»Wollt ihr vernünftig sein, Mistbuben ihr; was steht ihr denn und lacht! Seid nicht wie euere blöden Mütter da drinnen, welche sich in die Narrheit meiner Söhne vergafft haben; – ich lebe ja unter lauter Verrückten!« Und sie stieß die Kinder von sich und weinte, erhob sich und ging noch weiter abseits.

Späterhin machten weder Großmutter noch Enkel so viel Umstände mit einander. Diese lachten sie aus, wenn sie ihre Wutanfälle bekam und jene warf Steine nach ihnen, und zuletzt stand es so, daß die Knaben, so oft die Alte allein saß ihr zuriefen:

»Großmutter, bist du wieder verrückt?« – und es flogen Steine.

Warum aber wagte die Alte der Schwiegertochter gegenüber nichts zu äußern? Aus demselben Grunde, aus welchem sie in früheren Tagen auch den Söhnen gegenüber den Kürzeren gezogen.

Ihr eigener Mann war kränklich gewesen, außer stand seine Wirtschaft zu betreiben; er hatte sie genommen, um sein Selbst zu ergänzen. Allerdings brachte sie ihr Eigentum in die Höhe, doch ihren Mann brachte sie herunter.

Er besaß ein feines Lächeln, allerlei Kenntnisse und ein Herz voll Sehnsucht – und er litt in ihrer Gesellschaft bittere Not. Seine edlere Natur vermochte sie nicht zugrunde zu richten, wohl aber seine Gesundheit und sein Glück. Und da geschah es, daß all das Schöne, welches sie verachtet hatte so lang er lebte, über sie den Sieg davontrug nun er tot war. Und als dies Schöne wieder in der Begeisterung der Söhne zum Vorschein kam und als vorwurfsvolle Erinnerung aus dem reinen Blicke der Schwiegertöchter leuchtete, da war sie ganz verloren.

Ich sagte, der Stein der Großmutter habe die Enkel getroffen und sitze noch immer fest. Seht die zwei Männer hier gehen! Der jüngere, der in Civil gekleidete, hat ein Lächeln auf den ziemlich schmalen Lippen, ein Lächeln auch in den kleinen Augen, doch ich glaube nicht, daß man ihn reizen dürfte! Durch die Hilfe der politischen Freunde seines Vaters war er emporgekommen, hatte frühzeitig gelernt sich zu bücken und zu danken, – allein ich glaube, nicht aus Dankbarkeit.

Doch nun seht den älteren! Derselbe kleine Kopf, dieselbe kurze Stirn wie der Bruder; aber beides breiter. Kein Lächeln um den Mund und keines in den Augen; ich wünschte nicht einmal ihn lächeln zu sehen. Hoch und schlank wie der Bruder, war er doch knochiger, und während beide den Eindruck gelenkiger Kraft machten, als könnten sie über den Leichenwagen springen, machte der ältere noch dabei den Eindruck, als habe er auch gute Lust dazu; denn der Überschuß an Stärke, welcher sich im halb schlendernden Schritte des jüngeren äußerte, war beim älteren zu ungeduldiger Elastizität geworden; et ging wie auf Stahlfedern. Offenbar war sein Geist nicht anwesend; die Augen blickten weit hinaus über alles, – und als ich ihm später meine Karte gab und meine alten Erinnerungen hervorholte, merkte ich, daß dem wirklich so war.

Im Zuge sprach ich mit einigen Leuten aus jener Stadt; ich fragte nach der Großmutter Mansana; sie lächelten und erzählten eifrig, immer ein paar auf einmal, die alte Frau habe noch erlebt, daß das Haus schuldenfrei gemacht, der eine Weingarten zurückgekauft, der zweite und die Felder ausgelöst worden seien. All dies war aus Dankbarkeit gegen den Märtyrer der Vaterlandsliebe geschehen, dessen Ruhm nun auf aller Lippen schwebte; denn nun war derselbe der Stolz der ganzen Stadt, welche zum Befreiungswerke nichts als sein und seines Bruders Leben beigetragen.

Also all dies hatte sie noch erlebt!

Und ich fragte nach den Frauen beider Märtyrer.

Nun, die jüngere war zusammengebrochen, hauptsächlich infolge des Schmerzes um den Verlust ihres einzigen Kindes, einer Tochter. Allein die ältere, die Mutter dieser jungen Männer, ja, sie lebte. Das Gesicht der Erzählenden wurde ernst, die Stimme milde; das Wort führte bald nur mehr ein einziger, unter ausfüllenden Zusätzen der übrigen, und all das mit einer gewissen langsamen Feierlichkeit. Offenbar hatte sie über jene Macht gewonnen, die reine Frau mit der großen Seele.

Ich hörte, sie habe es verstanden sich mit ihrem Manne in Verbindung zu setzen, während er noch im Gefängnis saß, habe ihm mitgeteilt, daß Garibaldi einen Aufstand im Innern der Stadt und einen Anfall von außen plane und daß man erwarte, Mansana werde frei werden; er sollte dann die Unternehmungen in Rom leiten.

Und er wurde frei! Er verdankte dies der eigenen seltsamen Willenskraft und der klugen Treue seiner Frau. Er stellte sich wahnsinnig – es geschah nach ihrem guten Rat; – er schrie, bis er keine Stimme mehr hatte und dann weiter, bis er vor Erschöpfung nicht mehr konnte; denn zugleich nahm er keinen Bissen und keinen Tropfen Nährendes zu sich. Dies setzte er fort, bis er dem Tode nahe ins Spital der Irrenanstalt gebracht ward; die Frau durfte ihn besuchen, – und von hier flohen sie, nicht aus der Stadt, nein, die großen Vorbereitungen verlangten seine Gegenwart und sie pflegte ihn erst und dann teilte sie sein waghalsiges Unternehmen.

Wer an seiner Statt hätte nach so langem Gefängnisleben nicht die freiheitliche Erde gesucht, wenn dieselbe nur zwei, drei Meilen weit entfernt lag! Und einer von jenen, für welche er sein Leben und all sein Eigentum aufs Spiel setzte, verriet ihn; er wurde wieder gefangen und mit ihm ein großer Teil des Plans zu nichte, d.h. es führte zu einer Niederlage an der Grenze, zur Verurteilung von Tausenden, zu Kerker und Tod, in der Hauptstadt und in der Provinz. Ehe die große Stunde der Befreiung schlug, war Mansana enthauptet und mit seinen Zellengenossen, Dieben und Mördern, in Roms großem Verbrecherkirchhofe begraben worden, – und aus diesem war er heute erstanden!

In einen langen schwarzen Schleier gehüllt erwartete ihn die Witwe vor der übrigen Menge auf dem flaggengeschmückten Friedhofe seiner Vaterstadt. Das schon vollendete Denkmal sollte nach dem neuerlichen Begräbnis unter dem Donner der Kanonen enthüllt werden und später abends sollten hochflackernde Festflammen von den Bergen herab darauf Antwort geben.

Über die gelbgraue Campagna hin ging es den Bergen zu. Und wir kamen bald zu dem einen, bald zu dem anderen Gebirgsort. – überall eine unabsehliche Menschenmenge mit entblößten Häuptern. Aus den Nachbargauen war das Volk herbei geeilt; Musikkapellen spielten in den engen Gassen; Teppiche und Fahnen hingen aus allen Fenstern; Kränze flogen, Blumen fielen, Tücher wehten und Thränen blinkten; wir nahten seiner Vaterstadt, wo der Empfang noch ergreifender ward und wohin uns die große Masse aus den übrigen Orten zu nicht geringem Teile gefolgt war; jedoch am ärgsten wurde das Gedränge bei und in dem Kirchhofe.

Ich als Fremder wurde besonders begünstigt und erhielt meinen Platz in der Nähe der Witwe. Viele weinten, als sie diese dastehen und stille Blicke auf den Sarg, die Blumen, die versammelte Menge werfen sahen. Sie weinte nicht; denn all dies zusammen, es gab ihr nicht wieder, was sie verloren, und gab ihm nicht mehr Ehre in ihrem Geiste. Sie blickte auf all' das, wie auf etwas, das sie schon vor Jahr und Tag gewußt.

Wie war sie doch schön!

Ich denke dabei nicht allein an die edlen Linien, welche nie vergehen, nicht an die Augen, welche einmal die herrlichsten der ganzen Stadt gewesen, ja, es noch vor dreizehn Jahren, als ich sie kennen lernte, waren, – obgleich sie damals schon zu viel geweint hatten. Nein, ich denke an den förmlichen Glorienkranz von Wahrhaftigkeit, den ihre Gestalt, Bewegung, ihr Antlitz, ihr Blick ausstrahlte. Diese Wahrhaftigkeit kündigte sich an wie das Licht und wie dieses verklärte sie jeden Gegenstand. Wer in Unwahrheit lebte und nahte dieser Frau, erfühlte dies gleich, wenn sie ihn ansah; sie bedurfte keines Wortes.

Nie vergesse ich das Zusammentreffen zwischen ihr und ihren Söhnen. Beide umfingen und küßten sie; jeder von ihnen hielt sie lange in ihren Armen, als betete sie für sie. Alles umher schwieg; einzelne nahmen unwillkürlich die Hüte ab. Der jüngere, welchen die Mutter zuerst umarmte, zog sich mit dem Taschentuch vor dem Gesicht zurück. Der ältere blieb stehen; denn sie sah ihn an; alle mußten ihn ansehen und er errötete tief. Ein unsäglicher Schmerz lag in ihrem Blick, – eine unergründlich tiefe Ahnung.

Wie oft habe ich mich seither daran erinnert!

Er schaute, während er errötete, sie wieder fest an, und sie schaute weg, um seinen Trotz nicht zu reizen; ganz deutlich war es so.

Die beiden Richtungen der Familie standen einander gegenüber.

# II.

Auf dem Rückwege wurde in allem, was ich erlebt, nicht die wunderbar ergreifende Gestalt der Mutter, sondern das trotzige Gesicht des Bersagliere-Offiziers, seine hohe, geschmeidige Figur und sein Athletengang dasjenige, was sich meiner Erinnerung am meisten aufdrängte. Und so kam es, daß ich nach ihm fragte. Da merkte ich zu meiner Überraschung, daß gerade die verwegenen Thaten dieses Sohnes die Aufmerksamkeit wieder auf den Vater gelenkt und jene verspäteten Ehrenbezeugungen hervorgerufen hatten, welche man nun seinem Andenken erwies.

Ich hatte an etwas echt Italienisches gerührt. Der Vater, die Mutter, die Redner, der Empfang, die Naturschönheit, welche während dieser letzten Feierlichkeit auf dem Kirchhofe lag, die Flammen rings auf den Felsen umher, – von alle dem kein Wort mehr. Bis wir in Rom schieden, unterhielten wir uns von nichts anderem, als von den Geschichten des Bersagliere-Offiziers.

Schon als Knabe war er mit Garibaldi gezogen und hatte in so hohem Grade dessen Gunst gewonnen, daß er später von ihm und den Freunden des Vaters auf einer Kriegsschule war unterhalten worden.

Noch ehe er eine Abgangsprüfung bestanden, wurde ihm schon, wie damals so vielen in Italien, ein Kommando anvertraut und er hatte sich gleich derartig ausgezeichnet, daß er bald eine feste Bestallung erhielt. Noch ehe es zur Schlacht gekommen, trug eine einzelne That seinen Namen über ganz Italien hin.

Er befand sich auf einem Kundschafterzug; da bog er ganz zufällig und ohne Begleiter auf einen bewaldeten Hügel ab, hinter welchem er plötzlich im Dickicht ein Pferd und gleich darauf ein zweites bemerkte; er ging näher, erblickte einen Reisewagen, ging noch weiter und sah eine Gesellschaft, eine Dame mit zwei Dienern im Grase gelagert. Er erkannte sie sogleich. Die Dame war am Tag zuvor zur Avantgarde gefahren gekommen und hatte vor dem Feinde, den sie fürchtete, Zuflucht gesucht. Man hatte sie passieren lassen, und nun war sie auf anderem Wege wieder umgekehrt und rastete mit ihren Dienern hier! Die Pferde schienen übel zugerichtet;

sie waren offenbar die ganze Nacht gelaufen und zwar so stark, daß sie nun nicht weiter konnten, ohne erst zu ruhen. All' dies faßte Mansana so zu sagen mit einem einzigen Blicke auf.

Es war ein Sonntagsmorgen, die italienischen Truppen hielten Rast; die Messe war soeben zu Ende und man kochte ab, als die Vorposten den jungen Mansana mit einer Dame vor sich auf dem Sattelknopf und zwei ledigen Pferden, welche am Sattel befestigt waren, heransprengen sahen. Die Dame war eine feindliche Spionin, ihre »Diener,« zwei feindliche Offiziere, lagen verwundet im Walde; die Dame war gleich wieder erkannt worden und Tausende von Kehlen erwiderten Mansanas »Evviva!« Man brach auf; der Feind mußte ganz in der Nähe sein und bald fand man, daß nur diese Geistesgegenwart Giuseppe Mansanas die Avantgarde vor einem Hinterhalt gerettet hatte.

Ich werde von ihm noch einige Geschichten erzählen; damit man aber dieselben verstehe, muß ich vorausschicken, daß Mansana allgemein für den ersten Turner und Fechter der Armee galt; ich vernahm früher und später darüber nur diese eine Meinung.

Unmittelbar nach dem Kriege lag er zu Florenz in Garnison. Da erzählte man eines Tags in einem Offizierskaffeehause, daß ein belgischer Offizier, welcher vor ein paar Wochen mit ihnen hier gewesen war, in Wirklichkeit in päpstlichem Dienste stehe und sich nun in Rom über die italienischen Offiziere lustig mache, welche ihm bis auf wenig Ausnahmen bloß als unwissende Paradedocken erschienen seien, deren hervorragendste Eigenschaft kindische Eitelkeit scheine.

Dies erweckte heftigen Unwillen unter den Offizieren der Garnison von Florenz, und schnurstracks vom Kaffeehaus, in welchem dieses erzählt worden, ging der junge Mansana zu seinem Obersten hinauf und verlangte einen sechstägigen Urlaub. Derselbe ward ihm auch gewährt. Nun begab er sich nachhause, kaufte sich Civilkleider und machte sich auf der Stelle und auf dem kürzesten Wege nach Rom auf.

Durch die Wälder gelang es ihm, die Grenze zu passieren und am dritten Tage stand er im Offizierskaffeehaus auf der Piazza Colonna in Rom, wo er zugleich den belgisch-päpstlichen Offizier erblickte. Er näherte sich ihm und bat ihn leise, mit hinaus zu kommen. Hier sagte er ihm, wer er sei, ersuchte ihn einen Freund mitzunehmen und ihm vors Thor zu folgen; er müsse in einem Duell der italienischen Offiziersehre Genugthuung geben. So offen und vollständig vertraute er sich der Ehre dieses Mannes an, daß dieser nicht ausweichen konnte. Er holte sich sogleich einen Freund heraus und drei Stunden später war er eine Leiche. Aber der junge Mansana begab sich wieder durch die Wälder auf den Heimweg. Nicht durch ihn wurde es Florenz bekannt, wo er in der Zwischenzeit gewesen, sondern von Rom aus verbreitete es sich, und er büßte es mit längerem Arreste, daß er ohne Erlaubnis die Stadt verlassen hatte, ja, sogar in fremdem Lande gewesen; doch als er herauskam, bereiteten die Offiziere ihm ein Festmahl und der König gab ihm ein Ehrenzeichen.

Kurz nachher lag er in Salerno. Der Schmuggel hatte an der Küste stark überhand genommen und die Truppen halfen demselben Einhalt thun. In Civilkleidung geht Mansana auf Kundschaft aus und schnappt in einer Osteria die Nachricht auf, daß ein Fahrzeug mit verbotener Ware außer Sehweite draußen liegt und unter dem Schutze der Nacht dem Lande nahen will. Mansana begiebt sich nachhause, kleidet sich um, wählt sich zwei Männer aus und diese drei rudern nun gegen Abend in einem kleinen, leichten Bote hinaus. Ich hörte diese Geschichte erzählen und an Ort und Stelle bekräftigen; ich habe sie seither von anderen vernommen und sie bei einer späteren Gelegenheit in Zeitungen gelesen: doch es bleibt dessen ungeachtet unfaßlich, wie Mansana, mit seinen zwei Mann auf den Lugger enternd, 16 – sage sechzehn – Mann zwang, ihm zu lüstern und das Schiff in der Rhede anzulegen!

Nach der Einnahme von Rom, bei welcher er wieder dabei war, und wo er namentlich bei der bald darauf erfolgenden Überschwemmung Wunder geleistet, in Rom saß er eines Abends in demselben Kaffeehaus, vor welchem er einst den belgischpäpstlichen Offizier herausgefordert. Da hörte er einige Kameraden, welche eben aus einer Gesellschaft kamen, von einem Ungarn erzählen, welcher wohl zu sehr dem italienischen Weine zugesprochen und in der Begeisterung so sehr mit seinen Landsleuten geprahlt hatte, daß ein leiser Widerspruch ihn schließlich dazu getrieben, zu behaupten, es möchten leichthin *drei* Italiener auf *einen* Ungarn gehen! Alle Offiziere lachten und die Erzähler mit, alle – bis auf Mansana.

»Wo wohnt der Ungar?« fragte er. Dies kam ganz gleichgültig; er sah weder auf, noch nahm er die Cigarette aus dem Mund. Man hatte den Ungarn gerade nachhause begleitet; also erfuhr Mansana die Adresse sogleich. Er erhob sich.

»Gehst du?« fragte man.

»Natürlich,« antwortete er.

»Ja doch nicht zum Ungarn?« meinte einer gutmütig.

»Wohin sonst?« versetzte Mansana und ging.

Die anderen standen gleichfalls auf und folgten ihm. Auf dem Wege suchten sie ihn zu überzeugen, daß man von einem Trunkenen nicht Rechenschaft fordern könne.

»Fürchtet nichts,« erwiderte Mansana; »ich werde ihn demgemäß behandeln.«

Der Ungar wohnte im »*primo piano*,« wie der Italiener sagt, d.h. im zweiten Stockwerk eines großen Hauses zu Fratina. Vor den Fenstern des ersten Stockwerks (Hochparterre) sind in allen italienischen Städten Eisenstangen angebracht; diese packte Giuseppe Mansana, schwang sich an denselben hinauf und stand bald auf dem Balkone vor der Kammer des Ungarn. Er schlug die Scheiben des Balkonfensters ein, sperrte auf und verschwand. Drinnen wurde Licht angezündet, dies sahen die Kameraden, welche unten standen. Was sonst vorging, konnten sie nicht unterscheiden; sie hörten keinen Lärm und Mansana hat es nie erzählt. Allein nach ein paar Minuten kam er mit dem Ungarn, letzterer nur im Hemde, heraus auf den Balkon und hier erklärte der Ungar in gutem Französisch, daß er heute abends betrunken gewesen sei und nun wegen dessen, was er im Rausche gesagt, um Verzeihung bitte; natürlich sei ein Italiener ebensoviel wert wie ein Ungar.

Mansana kam auf demselben Weg herab, auf welchem er hinaufgestiegen.

Größere und kleinere Geschichten aus dem Kriegs – wie aus dem Gesellschafts- und Garnisonsleben hagelten auf uns nieder, und darunter mehrere Wettlaufsgeschichten, welche von einer Ausdauer im Laufen zeugten, wie mir ähnliches nie zu Ohren gekommen; allein ich denke, die schon erzählten geben das volle Bild eines Mannes, dessen Geistesgegenwart, Mut, Ehrliebe, dessen Leibeskraft und Energie, Geschicklichkeit und Schlauheit in hohem Grade die Erwartung spannen, was er in der Zukunft noch ausrichten werde, – aber uns gleichzeitig mit Sorge erfüllen.

Wie Giuseppe Mansana im folgenden Winter und Frühling das Interesse Tausender beschäftigte, und darunter auch das des Erzählers, dies wird aus der Erzählung selbst zur Genüge hervorgehen.

# III.

Als Giuseppe Mansana die Gebeine seines Vaters zu deren Ehrengrabe geleitete und dabei aussah, als möchte er über den Leichenwagen springen, stand sein Herz – bald sollte es sich zeigen – in seiner ersten flammenden Liebe. Noch denselben Abend bestieg er den Eisenbahnzug, welcher nach Ancona, seinem Aufenthaltsort, führte; denn hier lebte sie und nur ihr Anblick vermochte das Feuer zu dämpfen, welches ihn verzehrte.

Er war in ein Weib verliebt, dessen Natur der seinigen ähnelte, ein Weib, das man erobern mußte, ein Weib, welches selbst schon Hunderte erobert hatte, ohne selbst erobert zu werden, ein Weib, von welchem ein liebestoller anconaer Dichter gesungen:

»Ich liebe dich, du brauner Teufel,
Dein Flammenlächeln, dein Traubenblut;
Ich glaub', in deiner Schönheit schimmert
Ein Funke aus der Hölle Glut.

Ich glaube, daß der ew'ge Wechsel
In Laune, Blick und des Wesens Glanz
Nur Satans rastlos Gaukelspiel ist, –
Des Lachens Locken, der Augen Tanz.

Das glaub' ich, Schöne! Doch viel eher
Dich lieben und in Glut vergehn,
Als schlummern in der Tugend Armen
Und langsam dem Grab entgegengehn.

Ja, lieber dich, du des Lebens Kön'gin
In unergründlicher Majestät,
Und brächtest du Tod mir, du dunkles Rätsel,
Als Glück, das der erste Blick schon errät.«

Sie war die Tochter eines östreichischen Generals und einer Dame, welche einem der edelsten Geschlechter Anconas angehörte. Es weckte seiner Zeit viel Groll, daß ein Sproß dieser Familie den Führer der verhaßten fremden Besatzung heiraten wollte.

Noch vermehrt wurde womöglich der Unwille durch den Umstand, daß er nahezu ein Greis und sie achtzehn Jahre alt und sehr schön war. Aber die unermeßlichen Reichtümer des Generals mochten sie verlockt haben; denn sie saß in tiefer Armut mitten in ihrem herrlichen Palaste, – was in Italien gerade keine Seltenheit ist. Der Palast des Geschlechtes bildet nämlich oft ein Fideikommiß, welches der jeweilige Inhaber nicht immer in stand halten kann. Ungefähr so lagen die Verhältnisse auch hier. Es mußte aber doch noch etwas anderes im Spiel gewesen sein, als der Reichtum des Generals; denn als er, kurz nachdem ihm eine Tochter geboren worden, starb, betrauerte ihn seine Witwe in vollständiger Zurückgezogenheit. Nur die Kirche und ihr Beichtvater sahen sie. Die Freunde, mit welchen sie gebrochen, als sie heiratete, die sich's nun aber viel Mühe kosten ließen, wieder in die Nähe der schönen und steinreichen Witwe zu kommen, die Freunde floh sie.

Mittlerweile wurde Ancona italienisch, und vor den Festen, den Illuminationen, dem Jubel floh die Witwe noch weiter fort, nämlich nach Rom, und ihr Palast in Ancona sowie die Villa am Meeresstrand lagen, ein stummer Protest, versperrt und verödet da.

Allein in Rom schlug die Fürstin Leaney den schwarzen Schleier, ohne welchen sie seit dem Tode ihres Gemahles noch niemand gesehen, beiseite, öffnete ihren Salon, in welchem sich nun die Spitzen der päpstlichen Herrschaft versammelten, und verschenkte alljährlich schwere Summen sowohl für den Peterspfennig als für andere kirchliche Zwecke. Das eine wie das andere vergrößerte nur den Haß, welchen man in Ancona gegen sie nährte und welcher durch die Anhänger der liberalen Partei auch nach Rom verpflanzt wurde, – und sie konnte, wenn sie in all ihrer Schönheit und Pracht mit ihrer kleinen Tochter auf dem Monte Pincio spazieren fuhr, diesen Haß selbst in allen Blicken sehen, welche ihr anconaer Bekannte und römische Unbekannte zuwarfen. Sie trotzte diesem und fand sich nicht nur regelmäßig auf dem Monte Pincio ein, sondern ging auch wieder nach Ancona, wenn die Sommerhitze sie aus Rom vertrieb. Sie eröffnete wieder ihren Palast und ihre Villa und bewohnte die letztere besonders der Bäder wegen. Sie ging und fuhr durch die Stadt zu ihrem Hause oder nach der Kirche, ohne je zu grüßen oder gegrüßt zu werden; allein trotzdem machte sie täglich dieselbe Tour. Als die Tochter heranwuchs, ließ sie dieselbe in Schauspielen und lebenden Bildern bei jenen Abendunterhaltungen auftreten, welche die Geistlichkeit der Stadt unter dem Schutze des Bischofs arrangierte, um auch in Ancona für den Peterspfennig zu sammeln, und so groß war des Kindes Schönheit und der Mutter Anziehungskraft, daß gar manche hingingen, die sonst es unterlassen hätten.

So lernte die Tochter den Trotz von der Mutter, und als sie vierzehn Jahre alt, dieselbe verlor, so setzte sie ihn für eigene Rechnung und mit der ganzen Übertreibung fort, zu welcher Jugend und Mut unwillkürlich verleiten.

Bald sprach man von ihr mehr als je vorher von der Mutter und ihr Ruf erhielt einen weiteren Umfang. Denn in Gesellschaft einer älteren Dame, die sie zu sich nahm, einem steifen, zierlichen Möbelstück, welches alles sah, doch von nichts sprach, streifte sie in fremden Ländern, von England bis Ägypten, umher, allein stets derart, daß sie den Sommer in Ancona und den Herbst in Rom verbrachte.

Auch diese letzte Stadt wurde endlich italienisch: doch die junge Fürstin hörte darum nicht auf, durch ihre Lebensweise jene herauszufordern, welche nun die Herrschenden geworden und welche alles aufboten, um das schöne reiche Weib zu gewinnen. Ja, man versicherte sogar, daß mehrere junge Edelleute sich verpflichtet hätten, sie zu gewinnen oder sie zu demütigen. Ob dies nun wahr ist oder nicht, sie glaubte es. Sie lockte daher jene, welche sie in Verdacht hatte, an sich und stieß sie dann ohne Barmherzigkeit weg. Sie machte sie toll, erst vor Hoffnung, dann vor Enttäuschung. Sie lenkte auf dem Korso und auf dem Monte Pincio eigenhändig ihre Pferde; triumphierend fuhr sie daher, die Bezwungenen alle an ihre Deichsel gespannt, – nicht gerade so, daß jeder es sehen konnte; allein *sie* sah es, weil sie es fühlte, – und jene fühlten es mit.

Vielleicht hätte man sie umgebracht oder ihr noch ärger mitgespielt, wenn nicht zu viele sie bewundert und trotz allem um sie herum gleichsam eine Leibwache beständiger Anbetung gebildet hatten. Und zu dieser Leibwache gehörte auch jener Dichter von vorher.

In Ancona wurde sie besonders für die Offiziere der Gegenstand heimlicher Hoffnung und offenen Hasses.

Gerade um die Zeit, in welcher Giuseppe Mansana mit seinen Bersaglieri hierher versetzt wurde, war die Fürstin auf etwas neues verfallen. Sie weigerte sich nämlich standhaft, die Gesellschaft zu zieren, welche sich abends auf dem Korso versammelte, um bei Mond-, Sternen- und Gaslicht daselbst zu promenieren – die Damen in Balltracht, mit dem Fächer, den sie so wundervoll zu gebrauchen verstehen! – die Herren nach der allerneuesten Sommermode oder in Uniform, auf und ab, ab und auf schwärmend, begegnend, lachend, sich um Tische sammelnd, an welche sich einige Damen gesetzt hatten, um Kaffee und Eis zu genießen, dann von diesen wieder weg zu anderen, oder sich selber niederlassend, während ein Quartett ertönte oder wandernde Musikanten mit Zither, Flöte und Guitarre eins aufspielten; – Teresa Leaney weigerte sich standhaft, die Pracht, die Neugier, das Vergnügen, die Vornehmheit dieser täglichen Ausstellung zu vergrößern: – vielmehr hatte sie beschlossen, dieselbe zu stören.

Um Sonnenuntergang, wenn die übrigen Equipagen heimkehrten, da fuhr sie aus. Mit zwei ungewöhnlich kleinen Pferden, sogenannten Korsikanern, welche sie sich diesen Sommer angeschafft und wie gewöhnlich allein lenkte, fuhr sie im Trabe durch die Stadt. Nun, wenn der Korso erleuchtet war und die Begegnungen begannen, die öffentliche zwischen den Familien und ihren Freunden; die verstohlene zwischen dem jungen Mädchen und ihrem Freier; die stille zwischen dem Müßiggänger und seinem Schatten; die seufzerreiche zwischen dem Verliebten und seinem Vertrauten; die kurze zwischen dem Offizier und seinem Gläubiger; die ungemein höfliche zwischen dem Beamten und seinem Vorgesetzten, den er zu beerben hoffte, – gerade wenn die jungen Damen ihre neuen pariser Toiletten zweimal gezeigt hatten, d.h. bei einer Tour aufwärts und einer Tour abwärts, und der bewundernde Commis über die Einleitung hinausgekommen war, und die Offiziere ihren ersten Kritikerhaufen gebildet und der Adel sich niedergelassen hatte, um Cour zuhalten; – gerade da sprengte das junge, übermütige Mädchen an der Seite der alternden steifen Freundin mitten in die Schar hinein! Die beiden kleinen Kinderponies liefen im schnellsten Trab und Offiziere und Fräulein, Adel und Kaufleute, Familiengruppen und flüsternde Paare stoben auseinander, um nicht überfahren zu werden. Eine Reihe von Glöckchen am Riemzeug der Pferde rief ja schon von ferne ein »Aufgepaßt!«, so daß die Polizei nichts zu sagen hatte, – desto mehr aber jene, welche die Fürstin zwiefach beleidigte, – erst durch ihre Abwesenheit, dann durch ihre Anwesenheit!

An zwei Abenden war Giuseppe Mansana auf dem Korso gewesen und beidemale war er fast überfahren worden. Eine solche Dreistigkeit hatte er niemals für möglich gehalten. Da erfuhr er auch, wer die Dame sei.

Am dritten Abend, als Teresa an der gewohnten Stelle dicht vor Ancona die Pferde trinken und rasten ließ, um dann den Trab gegen die Stadt und den Korso zu beginnen, trat ein hochgewachsener Mann vor und grüßte: es war ein Offizier. »Ich nehme nur die Freiheit mich selbst vorzustellen. Ich bin Giuseppe Mansana, Offizier bei den Bersaglieri. Ich bin die Wette eingegangen, daß ich so rasch wie Ihre kleinen Pferde von hier bis in die Stadt laufe. Hat das Fräulein etwas dagegen?«

Es war mehr als halbdunkel und unter gewöhnlichen Umständen hätte Teresa ihn nicht sehen können; doch oftmals erhöht eine starke Aufregung die Sehkraft unserer Augen. Die Überraschung und die Angst – es lag etwas in des Mannes Stimme, was sie unwillkürlich erschreckte – gaben ihr Mut; oft werden wir aus Angst mutig. Sie sagte daher zu dem kleinen Kopf und dem kurzen Gesichte, das sie wahrnahm:

»Ich glaube, ein Mann von Bildung hätte um Erlaubnis gefragt, ehe er eine solche Wette einging; doch ein italienischer Offizier –«

Sie fuhr nicht fort; denn sie erschrak selbst vor ihrem Beginnen und es entstand eine unheilschwangere Stille, in welcher ihr womöglich noch heißer wurde. Endlich hörte sie eine ziemlich hohle Stimme (Mansanas Organ hatte immer etwas Hohles):

»Ich habe nur mit mir allein gewettet. Und aufrichtig gesagt, ich gedenke es zu versuchen, ob ich nun die Erlaubnis bekomme oder nicht!«

»Was?« erwiderte Theresa und griff in die Zügel; doch zugleich stieß sie einen Schrei aus und ihre steife Freundin einen noch lauteren, indem sie beide fast aus dem Wagen fielen; denn mit einer langen Peitsche, welche keine von ihnen früher bemerkt hatte, zog der Offizier einen furchtbaren Strich über den Rücken der beiden Ponies, so daß sie mit einem Satze von dannen rasten. Zwei Diener, welche rückwärts saßen und sich auf den Wink des Fräuleins eben erhoben hatten, flogen beide herab auf den Boden. Keiner von beiden machte die Spazierfahrt mit, welche nun begann und die viel mehr ereignisreich als lang war.

Zu Mansanas Fertigkeiten – und vielleicht war es die meistgeübte derselben – gehörte das Laufen und Springen. Mit den zwei kleinen Pferden Schritt zu halten fiel nicht allzuschwer, besonders im Anfang, da sie stark zurückgehalten wurden und daher im unklaren waren, ob sie recht traben dürften. In ihrem Zorn wollte Teresa eher alles wagen, als eine solche Demütigung zu dulden. Und außerdem wollte sie ihre Diener wieder aufnehmen. Doch gerade als die Pferde sollten zum Stehen gezwungen werden, zischte die Peitsche auf ihren Rücken herab und sie rannten mit einem neuen Satz vorwärts. Teresa sagte kein Wort, sondern hielt zurück und zwar so unermüdlich, daß die Tiere wieder stehen wollten; aber auch die Peitsche fiel wieder und wieder und wieder. Und nun gaben sowohl die Lenkerin als die Rosse das Spiel auf. Die alte Dame, welche bisher immer geschrieen und beide Arme um den Leib der Fürstin geklammert hatte, verfiel in eine Art Betäubung und mußte gestützt werden. Wut und Entsetzen überwältigten Teresa; eine Weile sah sie weder Pferde noch Weg, und zuletzt wußte sie nicht einmal mehr, ob sie noch die Zügel halte. Und sie hatte dieselben auch wirklich verloren, fand sie aber wieder auf dem Schoße und versuchte noch einmal, indem sie zwar mit einem Arm die Freundin umschlang, aber trotzdem mit beiden Händen die Zügel festhielt, die erschreckten Tiere in ihre Gewalt zu bekommen. Bald fühlte sie dessen Unmöglichkeit. Es war finster; die hohen Pappeln trabten in der Luft mit, Fuß für Fuß über das dazwischen liegende Gestände hin. Sie wußte nicht, wo sie war. Das einzige, was sie außer den Pferden unterschied, war die lange Gestalt, welche an deren Seite in immer gleicher Höhe und Entfernung gespenstisch über dieselben hinausragte. Wohin geht es? Und wie ein Blitz durchfuhr sie der Gedanke: »Nicht in die Stadt; das ist kein Offizier; das ist ein Räuber; ich werde abseits geführt – und bald kommen die Spießgesellen!«

Und aus der Tiefe der äußersten Not und mit der plötzlichen Eingebung derselben rief sie:

»Halten Sie, um Himmelswillen! Was wollen Sie denn? Sehen Sie nicht –«

Weiter gelangte sie nicht; denn sie hörte es durch die Luft pfeifen, auf der Pferde Rücken klatschen, und vorwärts sauste es, ärger als je.

Und wie es jagte, so jagten auch ihre Gedanken:

»Was will er? Wer ist er? Einer, den Ich beleidigt?« – und eine ganze Reihe solcher hastete an ihr vorbei. Sie fand keinen, welcher diesem glich. Allein der Gedanke an eine mögliche Rache ließ das erschreckte Gewissen nicht los; es konnte ja jemand sein, den sie nicht kannte, der nur die anderen rächte. Und wenn es Rache war, so mochte sie auf das Schlimmste gefaßt sein. Schrill klangen die Schellen durch das Wagengerassel; wie Angstgeschrei hüpften die kurzen scharfen Laute um sie herum und, vom Entsetzen zum Äußersten getrieben, wollte sie einen Sprung vom Kutschbocke wagen. Doch kaum ließ Terese die Freundin los, so rollte diese wie ein lebloses Ding zur Seite; in noch größerem Schrecken richtete sie dieselbe auf und saß nun, mit der Freundin über dem Schoße, lange ohne klaren Gedanken da. Da, bei einer Biegung des Weges, bemerkt sie den Lichtnebel der nahenden Stadt. Sie empfindet die Freude der Rettung, – allein bloß für einen Moment, kurz wie ein Blitz; denn im nächsten hatte sie alles begriffen: dies war ein Rächer vom Korso!

»Ach, nicht weiter!« rief sie, ehe sie den Gedanken noch ausgedacht: »ach, nicht!«

Die Worte wiederholten sich beständig vor ihren Ohren; die Schellentöne hüpften schreiend um sie herum; die Pappeln trabten neben ihnen her, und das war alles; die Pferde jagten; sonst keine Antwort.

Sie sah im voraus ihren jämmerlichen Aufzug, durch die Stadt gepeitscht, die ohnmächtige Freundin im Arm, das Publikum zu beiden Seiten, die Offiziere voran, händeklatschend, hohnlachend!

Denn dies war die Rache der Offiziere; sie fühlte es nun. Sie beugte den Kopf, als wäre sie schon da. Plötzlich fühlte sie und hörte sie, daß die Pferde langsamer liefen; die Stadt mußte ganz nahe sein; sollte es vorher ein Ende nehmen? Mit erneuter Hoffnung sah sie empor. Er war zurückgeblieben; darin lag der Grund: nun war er ganz an ihrer Seite, bald hörte sie sein hastiges, überanstrengtes Atmen, hörte schließlich nichts anderes mehr, so daß es all ihre Angst an sich riß: wie wenn er mit einem Blutsturz mitten auf dem Korso niederfiel! Sein Blut kam dann über ihr Haupt; denn ihr ausfordernder Trotz hatte den seinen hervorgerufen. Man würde sich auf sie werfen und sie in Stücke reißen.

»Schonen Sie sich selbst!« flehte sie. »Ich ergebe mich!« bat sie.

Allein als hätte ihn dieser listige Versuch geweckt, so machte er eine letzte Anstrengung, war in zwei, drei längeren Sätzen wieder bei den Pferden, welche nun im Gefühl seiner Nähe schon ihren Trab beschleunigten, aber nichtsdestoweniger zwei sausende Peitschenhiebe bekamen.

Nun sah Teresa deutlich die Lichter, die ersten Gaslaternen beim Cavourdenkmal; bald bog der Weg in den Korso ein und das Schauspiel begann! Sie empfand das unüberwindliche Bedürfnis zu weinen und konnte doch nicht, senkte bloß den Kopf, um nichts mehr zu sehen. Da vernahm sie seine Stimme, allein nicht mehr seine Worte, der Wagen war auf das Pflaster gekommen und er vermochte wohl auch nicht mehr ganz deutlich zu sprechen. Sie blickte auf; jedoch er war nicht mehr da. Großer Gott, war er gestürzt? Ihr ganzes Blut erstarrte in den Adern...

Nein, da ging er ganz langsam vom Korso weg, am Cafè Garibaldi vorbei. Gerade in diesem Moment kam sie selbst auf den Korso; die Pferde trabten, die Menge wich aus, sie senkte den Kopf noch tiefer über die bewußtlose Freundin, welche ihr im Schoße lag, Schreck und Scham jagten peitschend hinten nach...

Als sie ein paar Augenblicke später im Hofe des Palastes hielt, durch dessen Thor die Pferde in vollem Laufe gerast, sodaß es ein Wunder war, daß der Wagen nicht umwälzte und zerschellte, – da fiel auch sie in Ohnmacht.

Ein alter Diener stand da und wartete. Er rief die anderen; beide Damen wurden hinaufgetragen. Kurz darauf kamen auch jene zwei, welche abgeworfen worden und erzählten den Vorfall, soweit sie ihn kannten. Der alte Diener nahm sie wegen ihrer Ungeschicklichkeit tüchtig ins Gebet und sie selbst fühlten die Schande derselben, sodaß sie um so eher thaten, was jener ihnen gebot: nämlich schweigen.

Die Pferde waren scheu geworden, gerade als die Diener nach kurzer Rast aufsteigen wollten. Dies war das ganze.

# IV.

Als Fürstin Teresa Leaney wieder zur Besinnung kam, waren ihre Kräfte förmlich gebrochen. Sie stand nicht auf; sie aß fast nichts; niemand durfte um sie sein.

Lautlos ging ihre Freundin durch den großen Spiegelsaal, welcher neben dem Vorzimmer lag, lautlos wieder zurück, wenn sie ihr Geschäft verrichtet. Ebenso lautlos in die schmalen gotischen Gemächer mehr im Innern des Palastes, in welchen die junge Fürstin sich aufhielt. So wie jene, auch die Diener.

Die Freundin war aus dem Kloster, in welchem sie erzogen worden, auf Grund ihres Ranges und ihrer Kenntnisse mit hohen Ansprüchen herausgekommen, Ansprüchen, welche sie zehn, und dann noch fünf Jahre lang, stets verletzt durch das schonungslose und habsüchtige Wesen der Jugend, aufrecht hielt. Ging dann als Gesellschaftsdame zu einer hochvornehmen Familie, bewahrte auch ferner die Verletztheit, aber nur für sich; – wurde dabei älter und fand sich, jedoch ohne die innere Verletztheit aufzugeben, in gar mancherlei, über alles schweigend, legte es aber dabei darauf an, sich in aller Stille ein Vermögen zu sammeln. Dies erreichte sie am besten, indem sie ihre hohen Herrschaften genau studierte und dies Studium zu *beider*seitigem Vorteil benutzte.

Also: über jenes Abenteuer wurde geschwiegen.

Nach Verlauf einiger Tage kam ans dem gotischen Gemache der Fürstin das kleine kurze Wort: »Einpacken!« Aus einigen späteren Zusätzen entnahm man, daß die Reise weit fort gehen sollte. Wieder nach ein paar Tagen kam die Fürstin selbst zum Vorschein, ging langsam und stumm umher, ordnete einige Kleinigkeiten und schrieb einige Briefe. Verschwand hierauf wieder.

Am nächsten Tage wieder ein Befehl:

»Heute abends um sieben Uhr!«

Schlag sechs erschien sie selbst in schwarzer Reisetracht, begleitet von ihrem Kammermädchen, welche auch im Reiseanzug war. Die Freundin stand fertig neben den Koffern, welche der gleichfalls fertige Diener nun, nachdem die Fürstin noch einen zustimmenden Blick auf den Inhalt geworfen, zuzuschließen begann.

Das erste Wort, welches die Freundin seit jener Spazierfahrt an die Fürstin richtete, sprach sie nun. Wie zufällig stellte sie sich neben Teresa und äußerte, indem sie in den Hof des Palastes hinabschaute:

»In der Stadt weiß man bloß, daß unsere Pferde scheu geworden, – nicht mehr!«

Ein erzürnter Blick traf sie: derselbe verwandelte sich bald darauf in einen verwunderten und dieser wieder in einen entsetzten.

»Ist er tot?«

Jedes Wort atmete Angst.

»Nein, ich sah ihn erst vor einer Stunde.«

Die Freundin mied den Blick der Fürstin, jetzt wie vorher; sie schaute in den Hof auf den Stall hin, aus welchem schon die Wagen gezogen waren und aus dem nun die Pferde geführt wurden. Als sie es endlich geraten fand sich umzudrehen (und dies dauerte lange, so wie auch die Fürstin schwieg und der Diener sich nicht rührte; er mußte wohl etwas vor sich sehen, was ihn an den Fleck band;) – als die Freundin es endlich geraten fand sich umzudrehen, bemerkte sie im Nu, daß die Wirkung ihrer Mitteilung eine vollständige gewesen. Die gereizte Phantasie hatte der Fürstin in diesen Fiebertagen all den jubelnden Spott ausgemalt, von welchem die Stadt jetzt erfüllt sein mußte; sie hatte sich denselben bis nach Rom verpflanzt, ja, durch die Zeitungen über die ganze Welt verbreitet gedacht; sie hatte ihren bisher ungebeugten glänzenden Trotz in wenigen fürchterlichen Minuten vernichtet gefühlt; es war ihr zumute, als wäre sie an den Haaren durch den Kot geschleppt worden. Und nun wußte niemand außer ihm und ihnen beiden, was geschehen? Er hatte vollkommen geschwiegen? Welch ein Mann!

Die großen schönen Augen der Fürstin flammten durch den Raum; doch nach und nach bekamen sie lächelnden Glanz: sie erhob den Kopf und die ganze Gestalt, ging ein paarmal auf und ab, so weit dies nämlich die Koffer und die übrigen Reisesachen zuließen, und hierauf, indem sie lächelnd den Sonnenschirm schwang:

»Packt aus! – Wir reisen heute nicht!« Und verließ hurtig das Zimmer.

Eine Weile später kam das Kammermädchen und bat die Freundin, sich zu einem Spaziergange anzukleiden.

So oft und so lange auch die Fürstin in Ancona weilte, so geschah es doch zum erstenmale, daß sie an der Abendpromenade der eleganten Welt teilnehmen wollte. Die Freundin hätte Gelegenheit gehabt durch ein paar verwunderte Worte den verwunderten Blick zu beantworten, mit welchem die Zofe diese Botschaft ausrichtete: allein schon dieser Blick war eine Naseweisheit; daher wurde nichts erwidert.

Als Teresa fertig gekleidet in den hohen, säulengeschmückten Spiegelsaal trat, blickte sie durch die offene Thür in das schwach erleuchtete Vorgemach und sah hier die Freundin bereit stehen. Schon die Toilette der Fürstin allein hätte die Miene zu rechtfertigen vermocht, mit welcher das Kammermädchen ihr folgte, um zu öffnen und zu schließen; aber die Freundin schloß sich ihr an, als sei sie jeden Tag an diesen Spaziergang, jeden Abend an diese elegante Toilette der Fürstin gewöhnt gewesen.

In einem lila, reich mit Spitzen besetzten Seidenkleide rauschte sie die Treppe hinab. Ihre kraftvolle Gestalt, obgleich sie schon etwas zur Üppigkeit neigte, machte nichtsdestoweniger den Eindruck der Geschmeidigkeit, weil sie zu gleicher Zeit einen hohen Wuchs und lebhafte Bewegungen besaß; gegen ihre Gewohnheit trug sie das Haar in Flechten aufgesteckt und es schwebte ihr ein langer Spitzenschleier nach, welcher an der einen Seite des Kopfes mittels einer Agraffe, auf der anderen durch Rosen festgehalten war. Die Ärmel waren so weit und offen, daß die langen Handschuhe, wenn Teresa den Fächer gebrauchte, nicht vollkommen die schönen Arme verbargen. Sie wartete gar nicht auf die Freundin, sondern schritt rasch vorwärts; es war die Sache ihrer Begleiterin, stets an ihrer Seite zu bleiben.

Es war ein sehr belebter Abend; denn zum erstenmal nach einigen Sturmtagen hatte man wieder hübsches Wetter. Doch wohin die Fürstin auch schritt, überall stockte das Gespräch, um, sobald sie vorbei war, wie eine zurückgedrängte und wieder losgelassene Flut ihr nachzuströmen. Fürstin Teresa Leaney bei der Abendpromenade! Fürstin Teresa Leaney auf dem Korso! Und *wie*!

Strahlend vor Schönheit, Reichtum, Holdseligkeit blickte sie freundlich alle an, grüßte alle Damen, welche sie von Kind auf gesehen, alle Kaufleute, mit denen sie zu thun gehabt, die Offiziere und Edelleute, mit welchen sie je gesprochen.

In dieser Stadt, welche sich der schönsten Frauen Italiens rühmte, trug sie allerdings nicht den ersten Preis davon; allein sie führte doch nah und fern den Beinamen »die Schönheit von Ancona« und die Stadt selbst hatte ein paar Jahre lang bereit gestanden, die Fahnen zu senken und in den Huldigungshymnus einzustimmen, – wenn sie nur gewollt hätte.

*Und nun wollte sie!*

Es lag etwas von einer einschmeichelnden Bitte in den Blicken, mit welchen sie »ihr« Volk begrüßte, etwas von einer Abbitte in der Verbeugung, welche, den Gruß der Augen begleitete.

Schon als sie wieder umkehrte, merkte sie die veränderte Stimmung ihrer Unterthanen, und sie wagte daher stehen zu bleiben und eine der ältesten Adelsfamilien der Stadt anzusprechen. Dieselbe hatte sich vor einem Kaffeehause mitten auf dem Korso niedergelassen. Man nahm ihre Annäherung überrascht, aber artig auf; und für den Rest sorgte sie selbst.

Der alte Herr, welcher das Oberhaupt der Familie war, wurde immer mehr bezaubert, je länger sie dasaß, und er machte sich eine Ehre und ein Vergnügen daraus, ihr alle Welt vorzustellen. Freundlich grüßte sie, war witzig, heiter, teilte sich gleichmäßig zwischen Herren und Damen, so daß eine Stimmung entstand, welche sich bis zur Lustigkeit steigerte. Daher vergrößerte sich die Schar um sie unaufhörlich, und als sie sich erhob, folgte ihr dieselbe in langem Triumphzug, mit lautem Gespräch. Man konnte sagen, der Korso wurde an diesem Abend der Schauplatz eines Versöhnungsfestes zwischen der besten Gesellschaft und dem schönsten Kinde dieser Stadt, und es schien als wären beide Teile darüber gleich vergnügt.

Es war schon ziemlich spät, als sie sich von Champagner und Eis erhob, und die ganze Gesellschaft mit ihr; – zum drittenmal geschah es. Sie hatte nirgends lange Ruhe. Nun ging es lustig, aber ganz langsam wieder die Straße hinauf. Drei Offiziere kamen ihnen ziemlich bestaubt und raschen Schritts entgegen; sie schienen von einer weiten Partie zurückzukehren. Wie zufällig trat die Freundin neben die Fürstin und flüsterte etwas; diese blickte auf und erkannte sogleich diese Figur. Da kam Mansana!

Ganz natürlich glitt die Freundin auf die andere Seite hinüber und Teresa noch weiter auf jene, welche die Freundin verlassen; – so nahe an die Offiziere, daß der nächste von ihnen mit dem Säbel an ihr Kleid hatte streifen müssen, wenn er es nicht vorgezogen hätte auszuweichen; – der nächste war aber eben Mansana.

Teresa sah, daß er sie erkannte; das Licht fiel gerade sehr hell auf diese Stelle. Sie bemerkte, daß er überrascht war. Aber sie bemerkte auch, daß das kurze, kraftvolle Gesicht sich gleichsam zuschloß, die kleinen Augen einen Schleier vorzogen; – er hatte den rücksichtsvollen Takt sie nicht erkennen zu wollen. Für dieses und auch für sein Schweigen sandte sie ihm einen Blick zu, – die großen dunklen Augen sprühten, – einen Blick, welcher ihn ins Herz traf. Derselbe entzündete in ihm ein Feuer, dessen Flammen ihm über die Wangen schlugen. Er konnte seine Gedanken nicht mehr sammeln, dem Gespräch der Kameraden nicht mehr folgen, sondern verließ sie. Er sollte ja auch diese Nacht noch den Eilzug erreichen, um am nächsten Tage die Gebeine seines Vaters, vom Verbrecherkirchhofe zum Ehrengrabe in seine Geburtsstadt zu geleiten.

Niemand fand es daher sonderbar, daß er frühzeitig nachhause ging.

# V.

Mansana folgte am nächsten Tage der Bahre seines Vaters genau mit dem Gefühle, das sein Aussehen verriet, nämlich mit der Lust, über dieselbe mit einem Sprung hinwegzusetzen.

Dieser eine Blick, welchen die Fürstin Teresa Leaney ihm zugesendet, der sie doch beleidigt hatte, Fürstin Teresa Leaney, in welcher er mit stolzem Trotz nun eine Todfeindin zu haben geglaubt; dieser eine Blick aus all ihrer Schönheit und mitten aus ihrem Triumphzug über den Korso, hatte in seiner Seele ein neues Idealbild geformt und aufgerichtet. Vor dieser reinen Hoheit versank alle Verleumdung als die Ohnmacht kleiner Geister und sein eigenes Thun ward zu vermessener schmutziger Roheit. Er hatte gewagt, *sie* zu erschrecken, zu verfolgen!

Und die Entwicklung, welche ihn bis zu solcher Entheiligung gebracht, d.h. seine eigene harte Lebensführung, – die brach nun auseinander, Glied um Glied, während er so hinter des Vaters Leiche einherging, – seine Entwicklung bis zum Vater zurück!

Denn vom Vater war die Erbschaft dieses gefährlichen Trotzes in seine Seele gelegt worden und war hier groß gewachsen. Dieser hatte ihm einen rohen Willen voll Eigenliebe gegeben; denn im Grunde war ja das eigene Selbst ihm immer der einzige Zweck gewesen. Und hatte der Vater irgendwie einen anderen gehabt?

Seine schöne, edle Mutter hatte gar oft geweint, wenn sie einsam bei ihren Kindern saß; diese Thränen rannen und klagten den Mann an, welcher Weib, Kind und Eigentum verloren, um – wem? – seinem Trotz, seinem Ehrgeiz, seiner Rachsucht zu folgen, welche so häufig die widerspenstigen Gefährten und schließlich die Herren der Vaterlandsliebe sind. Er wußte dies von sich selbst und von hundert anderen, welche er prüfte, einen um den anderen!

Die Musik brauste, die Kanonen donnerten, die Luft war erfüllt von Evivas und Blumen zum Andenken seines Vaters.

Welche Hohlheit in solch einem Leben, dachte der Sohn; von Verschwörung ins Gefängnis, vom Gefängnis zur Verschwörung, während Mutter, Frau, Kinder auf den Bettelpfad geraten, das Eigentum verkauft wird und nichts gewonnen ist als das Hasten des Herzens vom Leiden zur Rache und von der Rache wieder zum Leiden, und diese Leiden, diese Rache war *sein* Jugenderbe – und die Lebensleere mit ihr!

Und des Vaters alte Freunde umringten ihn, um ihm die Hand zu drücken. Sie beglückwünschten ihn zu den Ehren des Vaters; sie beglückwünschten ihn selbst als den würdigen Erben.

»Ja, leer ist mein Leben gewesen wie das seinige,« fuhr er fort, »Rachefreudigkeit, so lang es Krieg gab, unruhige Gier nach Thaten als Fortsetzung desselben, eitle Ehrsucht und übermütiges Unüberwindlichkeitsgefühl, dies wurden die Träger meines Daseins, – roh, selbstisch, hohl alles miteinander!«

Und er schwur sich, daß die Kameraden sollten etwas anderes zu reden bekommen als die letzten »Thaten« Giuseppe Mansanas, und daß er selbst nach einem höheren Ruhme streben wolle als nach dem, sich nur an dem Selbstgefühle zu weiden, daß er nie von sich selbst spreche.

Je näher man der Geburtsstadt kam. desto größer ward der Jubel und auch das Gedränge der Leute, welche Giuseppe, den berühmten Sohn, zu sehen begehrten. Doch gerade hier, auf den Spielplätzen seiner Jugend, saß wieder die Großmutter am Grabenrand und warf Steine nach dem Zug; sie saß und warf nach dem, was ihr Leben niedergetreten und all das übrige mit, das sie gesammelt hatte, um glücklich zu werden.

Doch als er vor dem ernsten, bekümmerten Auge seiner Mutter stand, da fühlte er diesen Blick als Beleidigung. Sie wußte ja nicht, was er gerade jetzt von all diesen und von dem eigenen Leben als Fortsetzung der Leistung des Vaters dachte. Weshalb ihn so kummervoll ansehen, nachdem er soeben den Lockungen der Ehrsucht Lebewohl gesagt? Und trotzig begegnete er ihrem Blick; denn derselbe traf ihn nicht mehr.

# VI.

Zwei Tage später stand Mansana hoch oben an der Mauer, welche den alten Dom von Ancona umschließt. Er sah nicht die nasenlosen roten Marmorlöwen, welche die Säulen des Portales tragen und auch nicht die herrliche Bucht, welche gerade zu seinen Füßen lag. Zwar schweiften seine Augen über die Schiffsdecke und Lastboote, über das Gewimmel in den Arsenalen und beiden Brücken; doch seine Gedanken waren in der Kirche zurückgeblieben; denn hier hatte er *sie* gesehen! Eine große Feierlichkeit hatte die Fürstin hergeführt. Er hatte sie knieen gesehen, und was noch mehr war, sie hatte ihn gesehen! Ja, sie war sogar erfreut ihn zu sehen und hatte ihm den gleichen unbeschreiblichen Blick zugeworfen wie an jenem Abend. Er konnte sie nicht mehr anschauen ohne zudringlich zu erscheinen oder Aufmerksamkeit zu erregen, und so wurde die rauchdumpfe Dämmerung des Domes ihm unerträglich. Hier war es doch frisch und frei und die Gedanken durften in all dieser Schönheit das Schönste umschweben. Er hörte hinter sich die Menge die Kirche verlassen; er sah dieselbe wieder in den Schlingungen des Weges, zu Fuß und zu Wagen; er wollte sich nicht umschauen, sondern wartete, bis er auch sie hier unter sich erblicken würde. Da hörte er rückwärts Schritte von eins, zwei Personen; sein Herz pochte; vor seinem Auge dunkelte es; nicht um alles in der Welt hätte er gewagt sich umzudrehen. Man blieb neben ihm stehen, gleichfalls an der Mauer. Er fühlte, wer es war, und ohne Unhöflichkeit konnte er es nun nicht mehr unterlassen sich umzuwenden. Auch sie stand da und blickte auf die Schiffe, die Bucht, das Meer, aber merkte doch gleich, daß er sich umschaute. Sie war rot; allein sie errötete noch mehr, als sie lachend sprach:

»Verzeihen Sie, daß ich die Gelegenheit sogleich ergreife. Ich sah Sie und ich muß Ihnen danken.«

Sie hielt ein. Sie wollte noch mehr sagen; er fühlte es. Es kam aber nicht gleich; es dauerte eine ganze Ewigkeit, ehe es kam. Aber dann hörte er die Worte:

»Schweigen ist oft der größte Hochsinn, den man zeigen kann. Ich danke Ihnen!«

Sie verneigte sich und er wagte wieder aufzublicken. Welches Neigen! Welcher Gang, welche Gestalt! Der lange Schleier wogte im Winde und umspielte das rote Samtgewand.

Der Weg führte in vielen Windungen zur Stadt hinab; nun fuhr der Wagen, welcher in einiger Entfernung gewartet, der Fürstin entgegen und wendete unter der obersten Mauer um. Allein noch hatte Teresa denselben nicht erreicht, als auch sie hinter sich Schritte hörte, fast laufende Schritte; sie blieb stehen und drehte sich um; sie wußte, wer es war.

Sie lächelte über seine Hast, vielleicht um ihm zu helfen.

»Ich faßte es nicht gleich«, sprach er grüßend; sein dunkles Gesicht war braunrot. »Allein ich habe ja gar nicht aus Rücksicht geschwiegen, sondern um den ganzen Stolz für mich allein zu haben. Ich will keine Ehren, die ich nicht verdiene. Und vergeben Sie mir auch meine Rohheit!«

Seine tiefe Stimme bebte; die Worte überstürzten sich; er war kein Meister der Rede. Als er nach der Mütze griff, um sich wieder zu empfehlen, da zitterte seine Hand; und durch dieses und durch das, was vorhergegangen, machte er dennoch auf die Fürstin den Eindruck großer Beredsamkeit.

Und so geschah es, daß Teresa von dieser Offenheit sich angezogen fühlte und Lust bekam, dieselbe zu belohnen; denn welche Entdeckungen hatte sie nun nicht selbst in ihrem Inneren gemacht! Und so geschah es fernerhin, daß Fürstin Teresa nicht in den Wagen stieg, sondern an demselben zwischen Kapitän Mansana und der Freundin vorbeiging. So geschah es auch, daß sie, immer noch an seiner Seite, zurückkam und daß sie nun eine volle Stunde lang unter der oberen Umfassungsmauer, mit der herrlichen Aussicht vor den Augen, auf und nieder ging.

Und als sie endlich im Wagen saß und, ehe derselbe die Krümmung erreichte, welche zu dem unteren, parallel laufenden Wege führt, sich noch einmal herausbeugte und seinen erneuerten Gruß erwiderte, – da ging auch er noch eine Stunde auf und ab.

Die scharfe Linie der Bucht, die kühne Steigung des Gebirgs, die blauende Unermeßlichkeit des Meers, die Segel auf demselben und die Dampfsäulen am Horizonte, – – sie ist schön, die Bucht von Ancona!

Theresa hatte aus der unfreiwilligen Begegnung jenes Abends etwa dasselbe gelernt wie er; die Geschichte ihrer Vergangenheit war ungefähr die gleiche gewesen wie bei ihm; das hatte sie ihm nun gesagt, indem sie auch ihren hohlen Trotz, ihren kampfsüchtigen Ehrgeiz zugestand; – mit unterdrücktem Jubel hatte er dies, Wort für Wort, ihrem eigenen Munde entnommen!

Jenes Schönheitsbild, so hoch, so hoch über seinem Dasein, nun umschwebte es ihn lächelnd, mit Fehlern und Wünschen gleich den seinigen, aber in einem Kranze von Anmut und Herrlichkeit, in welchen er sich hinaufgerissen fühlte.

Ach, diese Bucht von Ancona, wie kühn sie sich wölbet; wie scharf blauschwarz die Meeresfläche in der Brise; welche weichen Farbenschattierungen über das Wasser hin, bis sie im Lichtnebel enden!

# VII.

Wieso kam es, daß er nicht gleich am nächsten Tag in ihrem Palaste stand? Weil er heimlich hoffte, sie werde noch einmal zu ihm kommen.

Eine so lang verschlossene, in der Stille genährte Eitelkeit wie die Mansanas kann durch die unglaublichsten Einfälle überraschen; dieselbe ist nämlich zu gleicher Zeit schüchtern und dreist. Trotz ihrer Einladung war er wirklich zu schüchtern, um sie aufzusuchen. Aber nebenbei war er so dreist zu glauben, sie müsse dann dorthin kommen, wo er sie letzthin getroffen. Seither ging er täglich zur Messe, aber nicht sie, und als er ihr zufällig am Meere und zu Fuß begegnete, da sah er, daß sein Ausbleiben sie verlegen oder böse gemacht, er wußte nicht recht, ob das eine oder das andere.

Zu spät entdeckte er, daß er in den Hoffnungen seiner Eitelkeit sogar die gewöhnlichste Höflichkeitsform außer acht gelassen; – er eilte zum Palaste, um seine Karte abzugeben.

Ein alter italienischer Palast, dessen Grundmauer oft in der großen Kaiserzeit gelegt worden, dessen Inneres ein Überrest des Mittelalters, dessen Äußeres mit Façade und Portikus der Renaissance oder der Barocke entstammt – und dessen Ornamentik und Einrichtung ebensoviele Zeitalter spiegelt, indem die Statuen, Bilder, Möbel etwa schon von plündernden Kreuzfahrern aus den griechischen Inseln und Konstantinopel gebracht, andere von romanischbyzantinischer Herkunft sein mochten und so fort bis herab auf unsere Tage! – ein solcher italienischer Palast, wie man deren besonders in Seestädten findet, ist ein Stück Kulturgeschichte, nicht bloß ein Stück Familiengeschichte, und dies übt eine verblüffende Wirkung auf den Eintretenden, wenn er im Volke geboren, aber doch Verständnis besitzt für das, was er sieht. Und dem Weibe, welches gleichsam als Herrscherin in diese Triumphhalle ihres Geschlechtes gestellt ist, verleiht dies ein Selbstgefühl, welches der Freundlichkeit etwas Herablassendes, der Artigkeit etwas Vornehmes beimischt, und nicht einmal dies ist nötig, um sie hoch über jenen hinauszurücken, der mit schlechtem Gewissen bei ihr eintritt. Da kann die Umgebung fürchterlich drücken; nicht einmal die Erinnerung an die Vertraulichkeit früherer Begegnungen hält jenen aufrecht, der im Bewußtsein begangener Ungezogenheit durch das Portal tritt, die großartigen Zugänge, hohen Räume, – die tausendjährige Geschichte durchschreitet, um sich zu beugen. Hat überdies die Phantasie sich mit diesem Weibe näher beschäftigt, so wird dieselbe Phantasie gerade dadurch noch weiter fortgeschreckt, als notthut.

Dies machte, daß der erste Besuch Mansanas mißglückte. Der Bitte wiederzukommen folgte er unter dem Druck der Empfindung, daß er beim ersten mal ungeschickt gewesen; darum ging es auch beim zweiten schlecht. Und seither hatte er stets die gekränkte Eitelkeit als Wächter neben sich – und sah die Fürstin lächeln.

Da kehrte sein ganzer stolzer Trotz zurück. Doch was konnte er thun? Hier wagte er nicht zu fluchen, nicht einmal zu sprechen; er schwieg, litt, ging, kam wieder – und mußte sehen, daß sie mit seinen Qualen spielte!

Hatte sie sich erst überwunden gefühlt, nun fühlte sie, wie es schmeckt, den Sieger zu überwinden; sie trat bekannte Wege, daher auch mit hinreißender Überlegenheit.

Niemals hat ein gefangener Löwe so stark an den Eisenstangen gerüttelt, wie Giuseppe Mansana an dem feinen Netze von Ceremoniell und spielender Überlegenheit. Allein fortbleiben konnte er doch nicht. In der Raserei der Nächte und in der Tage sinnverzehrendem Jagen innerhalb desselben Gedankenrings verbrauchte er all' seine Kräfte. Nun war die Demütigung über ihn gekommen.

Er vertrug nicht, daß man von ihr redete, – und er selbst wagte nicht ihren Namen zu nennen, aus Angst, seine Leidenschaft dem Gelächter zu verraten. Er vertrug es nicht, sie mit anderen beisammen zu sehen, – und er selbst wagte nicht ihre Gesellschaft zu suchen, um nicht irgend eine Herabsetzung zu dulden. Nicht einmal, hundertmal ergriff ihn die Lust, sie und denjenigen, welchen sie gerade ihm vorzog, zu ermorden, und er mußte doch schweigen und fortgehen. Er merkte bald selbst, dies konnte nur zu Wahnsinn oder Tod, – oder auch zu beidem führen.

Allein so völlig außer stande war er, dagegen anzukämpfen, daß er im Gefühl seiner Ohnmacht sich oft platt auf den Boden warf, als wolle er gleichsam seine Hilflosigkeit versinnbildlichen.

Warum nicht lieber untergehen in einer That flammender Rache, würdig seiner Vorzeit? Jedoch solche und andere Gedanken, sie glitten über seine Seele wie Gewitterwolken über das Gebirg; ein Naturgesetz schien ihn gefesselt zu halten.

Da erhielt er von der Fürstin eine feierliche Einladung.

Einer der berühmtesten Musiker Europas kehrte diesen Herbst aus noch südlicheren Ländern heim und nahm den Weg über Ancona, wo er die Fürstin, welche er von Wien aus kannte, aufsuchte.

Sie versammelte ihm zu Ehren den ganzen Adel der Stadt zu einem schönen Feste, dem ersten, welches sie in ihrem Palaste gab. Die Anordnung entsprach ihrem Reichtum und ihrem Stande; die Freude war allgemein und riß auch den kranken Meister mit, so daß er sich ans Klavier setzte und spielte. Schon die ersten Töne verwandelten die ganze Gesellschaft in eine einzige große Freundesschar, wie es stets der Fall ist, wenn das Schöne seine befreiende Gewalt übt.

Auch Teresas Auge suchte das der anderen, um zu nehmen und zu geben, dadurch kam sie auch dazu, Mansana anzusehen, welcher in vollkommener Selbstvergessenheit weit weg von ihr, nahezu beim Klaviere stand. Der Meister spielte ein Stück, welches »Sehnsucht« hieß und aus dem tiefsten Schmerze heraus Trost von oben suchte. Er spielte wie ein Mensch, welcher selbst den Schmerz des Entbehrens bis zur Verzweiflung hat kennen lernen müssen.

Nie hatte die Fürstin eine Miene gesehen, welche derjenigen Mansanas glich.

Der Ausdruck war härter als gewöhnlich, ja geradezu abstoßend hart, und zugleich sah sie Thräne auf Thräne in dichter Folge über seine Wangen perlen. Es schien, als raffte er mit stärkster Willenskraft all` sein Wesen zusammen, um nicht auszubrechen, und dabei kam das Gefühl, welchem er wehrte, Thräne um Thräne zum Vorschein.

Etwas sich selbst so Widerstreitendes, etwas Unglücklicheres hatte sie niemals gesehen. Unverwandt starrte sie ihn an und zuletzt wurde sie buchstäblich von einer Art Schwindel ergriffen, welcher auch darin sich äußerte, daß sie meinte, er sei nahe daran umzusinken, und sie sich erhob ...

Eine donnernde Beifallssalve brachte sie wieder zur Besinnung und lenkte zugleich die Blicke von ihr ab, so daß sie Zeit hatte sich festzuhalten und zu warten, bis sie wieder ohne Gefahr aufschauen und tief Atem holen konnte.

Das Musikstück war nicht vorbei; allein sie sah Mansana einem Ausgange zuschleichen; wahrscheinlich hatte auch ihn der Beifall aufgeschreckt und ihn entdecken lassen, daß er nicht beherrschen konnte, was er empfand.

Mit der ganzen Angst von vorher noch im Herzen eilte die Fürstin zu aller Erstaunen ohne weiteres durch die lauschende Menge bei der nächsten Thür hinaus, beeilte sich, – nicht ohne ein Gefühl von Schuld, nicht ohne ein Gefühl von Verantwortlichkeit, – als müsse sie ein Unglück verhüten.

Und richtig stand er schon im Vorgemach und warf den Mantel über die Schulter; die Mütze hatte er schon aufgesetzt. Nirgends ein Diener; auch diese hatten sich die Freiheit genommen, die Musik anhören zu wollen. Daher trat sie rasch vor.

»Signore!«

Er wandte sich voll Erregung um und begegnete ihrem wärmsten Blicke, während sie mit beiden Händen das lose Haar von Hals und Wangen strich, eine Bewegung, welche einen Entschluß andeutete, allein dabei der Gestalt ihre volle Schönheit lieh.

»Gestern erhielt ich mit der Bahn das neue ungarische Gespann zugeschickt, von welchem ich Ihnen kürzlich erzählte. Morgen müssen wir es versuchen. Nicht wahr, Sie erweisen mir die Gefälligkeit es zu lenken, – nicht wahr?«

Er erbleichte unter seiner braunen Haut: sie hörte seinen raschen Atem. Allein er sah nicht auf und sprach nicht, sondern verbeugte sich nur zustimmend. Hierauf legte er die Hand auf die große kunstvoll geschmiedete Thürklinke, welche mit klangvollem Laute nachgab.

»Um vier Uhr!« fügte sie hastig bei.

Er verbeugte sich wieder ohne aufzublicken; allein in der offenen Thür wandte er sich noch einmal, die Mütze in der Hand, aber hoch aufgerichtet, nach ihr um.

Dies war der Abschied.

Er bemerkte, daß sie ihn fragend ansah. Dies mußte seine Miene verursacht haben. Dieselbe hatte wohl nicht vermocht, die blitzartige Eingebung zu verbergen, welche plötzlich seinen düsteren Sinn erhellte.

Denn nun wußte er, wie dies enden würde.

# VIII.

Am nächsten Tage um vier Uhr führte ein Diener Mansana durch das Vorgemach und den Spiegelsaal in den Konzertsaal, und von hier weiter in einen der inneren gotischen Räume, wo photographische Ansichten von der letzten Reise der Fürstin ausgelegt waren.

Man meldete, die Fürstin werde gleich fertig sein.

Sie erschien in einer Art von polnischem oder ungarischem Anzug; das Wetter war nun, im November, und besonders an diesem Tage etwas kühl. Sie trug daher ein dicht anschließendes Samtkleid, dessen zobelbesetztes Oberteil bis zu den Knieen reichte, auf dem Kopf eine zobelbesetzte hohe Mütze und offene Haare.

Als sie ihm die weißbehandschuhte Hand reichte, welche unter dem Rauchwerk noch Spitzen umrahmten, geschah es mit einem festen, freundlichen Zutrauen, von welchem auch Auge, Antlitz, ja, die ganze volle Gestalt selbst Zeugnis ablegte.

Doch es *sollte nun einmal geschehen*!

Wenigstens faßte er es so auf, als wolle sie ein Vertrauen zeigen, welches sie nicht besaß, und diese Auffassung wurde dadurch noch bestärkt, daß sie leicht hinwarf, es wäre vielleicht besser, die Fahrt aufzuschieben: die Pferde seien durch die Reise auf der Eisenbahn noch etwas scheu.

Mit kühlem Scherz wies er ihre Furcht zurück.

Sie spähte in seinem Antlitz; es war abgespannt und leidend; aber es war verschlossen. – was ihm übrigens gut ließ.

Sein Wesen war gemessen, doch von größerer Sicherheit als es seit lange gewesen.

Man meldete, daß die Pferde vorgefahren seien und gleichzeitig trat die Freundin ein.

Mansana bot der Fürstin den Arm und sie nahm denselben.

Auf der Treppe, blickte sie wieder in sein Antlitz empor und glaubte zu bemerken, wie dasselbe flammte.

Nun bekam sie Angst.

Vor dem Kutschschlage nahm sie den Umstand, daß man die Rosse während des Einsteigens halten mußte, zum Anlaß, um noch einmal zu äußern:

»Es ist bestimmt noch zu früh, mit ihnen zu fahren. Sollten wir es nicht doch noch hinausschieben?«

Ihre Stimme klang flehend; flehend legte sie auch die Hand auf seinen Arm und sah ihm zutraulich in die Augen.

Sein Gesicht verwandelte sich unter ihrem Blick; seine Augen verfinsterten sich.

»Ich hätte mir denken können, daß Sie es nicht wagen würden, noch einmal die Fahrt mit mir zu machen!«

Feuerrot sprang die Fürstin in den Wagen, leichenblaß, steif wie ein Stock nach ihr die Freundin; doch wie zum Tanz schwang sich Mansana auf den Bock.

Kein Diener folgte ihnen; es war nur ein leichtes Kabriolet.

Kaum waren die Tiere losgelassen, so zeigte sich die Gefahr; sie stellten sich auf die Hinterbeine; das eine wollte hinaus, das andere herein. Die Fahrt durchs Thor dauerte gewiß eine Minute.

»Mein Gott, wie du das nur wollen kannst!« flüsterte die Freundin und starrte in Todesangst auf die zwei Pferde, welche stiegen, zerrten, wieder stiegen, einen Hieb bekamen und hinten ausschlugen, sich zur Seite werfen wollten, wieder einen Hieb erhielten und zurück sich bäumten, darauf einen neuen Schlag und endlich vorwärts gingen.

Das Peitschsystem mußte jedenfalls nicht das richtige sein.

Als sie auf die Gasse kamen, zitterten die beiden fremden Tiere und stampften; die neuen Gegenstände, die neuen Töne, die neuen Farben, das südlich grelle Licht auf allem und jedem entsetzte sie. Allein Mansanas wohlgeübte, kräftige Arme hielten bis über das Cavourdenkmal hinaus die Pferde in ruhigem Gang; erst von da an begann er die Zügel zu lockern, ganz nach und nach.

Er schaute zurück und begegnete dem Auge der Fürstin; nun war er der Lachende, sie die Leidende.

Was hatte ihr nur die unglückselige Idee eingegeben, diese Fahrt zustande zu bringen!

In der Minute, in welcher sie den Vorschlag gethan, hatte sie ihn auch schon bereut. Seitdem sie gestern den Blitz in seinem Auge gesehen, war sie gewiß, daß er die Tour zu einer Strafe benützen werde, und zwar mit der gleichen wilden Unbarmherzigkeit wie damals.

Warum saß sie also da?

Während sie auf jede Bewegung Mansanas, der Tiere achtete, fragte sie sich dies wieder und wieder, – nicht um der Antwort willen, sondern weil der Gedanke nicht ruhte.

Vorwärts ging es, noch im Trabe, allein im raschesten, der zu erreichen war, und es nahm kein Ende. Er sah sich endlich um. Es war eine Bewegung voll innerem Jubel; seine Augen flammten.

Allein dies war nur die blitzschnelle Einleitung zu dem folgenden. Er hob nämlich die Peitsche, und mit breitem, kunstmäßigem Schwung ließ er dieselbe sausend auf die Tiere herabfallen. Kaum hörten diese das Pfeifen in der Luft, so legten sie mit langem Sprung zum Galopp aus.

Kein Laut von den beiden Damen im Wagen.

So that er es noch einmal, – und damit waren die Pferde ganz toll geworden.

Gerade hier begann der Weg sich in einen immer steiler ansteigenden Abhang einzubohren. Und gerade hier erhob Mansana die Peitsche zum drittenmal, schwang sie gleich einem Lasso über seinen Kopf und ließ sie dann herniederfallen.

Diese Bewegung bei diesem Galopp an dieser Stelle, – es schlug mit Blitzesklarheit in Teresas Sinn: nicht Strafe suchte er, sondern Tod, – den Tod mit ihr!

Wenn irgend eine Fähigkeit unserer Seele ihren ewigen Ursprung bezeugt, so ist es die Fähigkeit, in der Sekunde einer Sekunde eine weite Spanne von Zeit und Begebenheit zu umfassen.

Von dem Momente, wo die Peitsche diesen übermütigen Bogen beschrieb, bis zu jenem, da sie herunterfiel, hatte die Fürstin nicht bloß eine wichtige Entdeckung gemacht, sondern auch ihren ganzen bisherigen Verkehr mit Mansana in dieser neuen Beleuchtung noch einmal durchlebt und daraus die Gewißheit seiner Liebe geschöpft, seiner stummen, stolzen Liebe, welche den Tod mit Jubel hinnahm, wenn er mit ihr ihn teilen durfte, – und in derselben Sekunde hatte sie ihren Entschluß gefaßt und ausgeführt.

Denn wie die Peitsche niederfiel, hörte er hinter sich:

»Mansana!« – rufen, nicht in Furcht oder Zorn, nein, nein, einen wilden Freudenruf.

Er warf den Kopf herum; in der orkanartigen Schnelligkeit ihrer Fahrt stand die Fürstin hoch aufgerichtet, mit leuchtendem Antlitz und ausgestreckten Armen da.

Rascher, als es sich sagen läßt, war er wieder den Pferden zugewandt, hatte die Peitsche weggeschleudert, die Zügel zwei, dreimal um den Arm geschlungen und stemmte sich nun mit gewaltigem Ruck gegen das Trittbrett des Wagens.

Er wollte mit ihr *leben*!

Nun gab es einen Kampf. Mansana wollte die Brautfahrt des Todes zu der des Lebens umzwingen.

In einer wirbelnden Staubwolke, am Rande des Abhangs raste das Fahrzeug dahin; er brachte die schäumenden Pferde dazu, die Köpfe höher zu halten, so daß ihre langen Mähnen gleich schwarzen Schwingen nachflatterten; dies war aber auch alles.

Da faßte er mit beiden Händen den rechten Leitriemen, um das wilde Gespann in die Mitte des Weges zu lenken, – auf die Gefahr hin, daß jemand oder etwas ihnen hier entgegenkam; denn dann jagte der Zug geradeaus in die Pforten des Todes.

Er bekam die Tiere auch richtig in die Mitte; allein die Schnelligkeit war nicht gehemmt, – und dort, – ganz fern, – vermeinte er etwas kommen zu sehen, – immer mehr und mehr, – der ganze Weg schien dadurch versperrt. Näher und näher – und nun erwies es sich als eine jener endlosen Ochsenherden, die man im Herbste dem Meere zu treibt.

Da erhebt sich Mansana und wirft die Zügel nach vorwärts. – Ein lauter Schrei von rückwärts. – Er springt, – noch ein schneidender

Schrei – doch schon sitzt er auf dem Rücken des rechten Pferdes und hält das linke am Gebiß. Das Tier, auf welchem er sitzt, macht mitten im Lauf einen Satz, wobei es vom anderen umgerissen wird. An dem Zugschwengel wird es noch ein Stück weit mitgeführt, bis dieser unter der Bürde bricht, und noch mitgeschleppt, bis auch den Strang zwischen beiden reißt.

Mansanas Griff ins Gebiß des zweiten Pferdes ward seine Rettung und brachte in Verbindung mit der Last des gestürzten Tieres den Wagen zum Halten.

Nun fühlt aber das liegende Roß das Fahrzeug über sich; wild schlägt es um sich; das stehende steigt empor; die Deichselstange wird geknickt und der Stumpf derselben stößt Mansana beiseite; doch dieser hält fest und ist nun vor dem sich bäumenden Pferde, oder eigentlich mehr *unter* demselben, bis ein grausamer Griff in dessen Nüstern es wieder zur Ruhe bringt und es endlich still steht wie ein gefangenes, zitterndes Lamm.

Mansana ist wieder auf die Füße gekommen; er hilft dem gestürzten Tiere, welches schon einige gefährliche Versuche gemacht hat, sich zu erheben.

Erst nun, überschüttet von Staub, zerfetzt, blutig, ohne Mütze, erst jetzt blickt Mansana auf und schaut sich um.

Teresa steht aufrecht vor dem geöffneten Schlage. Sie hatte sich offenbar hinauswerfen wollen, war von den heftigen Stößen des Wagens zurückgeschleudert worden, hatte sich wieder erhoben ... oder so ähnlich; sie wußte es selbst nicht. Aber was sie wußte, war, daß *er* vor ihr stand, gerettet, mit den bebenden Pferden am Gebiß.

Heraus und ihm entgegen, – und er ihr mit offenen Armen zugewendet; sie stürzt in dieselben hinein! Brust an Brust, Lippe an Lippe die hohen Gestalten in inniger Umschlingung! Es wollte kein Ende nehmen. Die Arme ließen nicht los, nicht einmal um neu zu fassen, – nicht die Lippen, nicht die Augen, nur daß die *ihrigen* sich schlossen.

Das erste Wort, das sie sprachen, war ein geflüstertes: »Teresa!« – und die Lippen saugten sich wieder fest an einander.

Nie hat irgend ein Weib mit größerem Jubel die Stellung einer Herrscherin eingenommen, als die Fürstin die Rolle der Unterworfenen, nachdem die Umarmung sich endlich löste.

Nie hat irgend ein Flüchtling mit so wunderbaren, seligkeitstrahlenden Augen um Verzeihung gebeten, daß er seine Freiheit hatte verteidigen wollen.

Nie vorher hat eine Fürstin sich mit so brennendem Eifer in Sklavendienstbarkeit gestürzt, wie Teresa, als sie Mansanas Wunden, seine zerfetzte und beschmutzte Kleidung entdeckte. Mit den feinen weißen Händen und dem reichbesetzten Taschentuch und ihren Nadeln begann sie zu waschen, zu verbinden, zu flicken und zu nähen, – und mit ihren Augen linderte und heilte sie, – nicht gerade diese Wunden, aber doch auch Wunden; denn er fühlte gar nichts mehr.

In jeder kurzen Pause zwischen der Arbeit umarmten sie sich von neuem in stummem oder beredtem Glück. Zuletzt vergaßen sie gar den Wagen, die Pferde, die Freundin und machten sich selbst auf den Weg, als gäbe es sonst nichts auf der Welt zu bedenken, als daß sie ihr neugefundenes Glück möglichst rasch nachhause trügen.

Erst ein Angstruf der Freundin und die langsam nahende Heerde erweckte sie wieder zur Gegenwart.

# IX.

Der Rausch endete weder an diesem Tage, noch in den nächsten. Auch die höhere Gesellschaft ward in denselben hineingezogen, indem man die Verlobung mit Festen und Ausflügen feierte.

Dieselbe wirkte ja überraschend märchenhaft. Mansanas Ruf, Teresas Rang, Reichtum, Schönheit; *sie*, die nie Besiegte, *er*, der immer Siegreiche, und dann die Verlobungsgeschichte selbst, welche der Volksmund aufs unglaublichste ausgeschmückt hatte, – all dies wurde gehoben durch die Glückseligkeit der Fürstin; sie strahlte in der That einen magischen Glanz aus.

Sah man sie beide zusammen, so zeigten sie einen merkwürdigen Gegensatz.

Sie waren beide hoch gewachsen, hatten beide den elastischen Gang und die stolze Haltung; jedoch ihr Gesicht war länglich, das seinige von kurzer Bildung; sie hatte große offene, er kleine tiefliegende Augen. Man mußte ihre feine gerade Nase, den schwellenden Mund, das edelgeformte Kinn, die schön geschwungene Wange, umrahmt von reichem, schwarzem Haare, bewundern, doch seine niedrige Stirn, der kleine, festgeschlossene Mund, das trotzige Kinn, das kurzgeschnittene Haar machten ihn nicht sehr hübsch.

Ebenso verschieden war ihre nach außen gewendete Freude, das geistvolle Spiel ihrer Rede und sein wortknapp verschlossenes Wesen.

Allein weder sie noch sonst jemand wünschte sich ihn anders, – selbst nicht in diesen Tagen; denn so war er nun einmal! Er machte ja sogar das, wofür er sein Leben einsetzte, zu einer kurzen Alltagsgeschichte, wenn er überhaupt davon sprach – und in der Regel sprach er nicht. Daher konnte weder die Fürstin noch die Gesellschaft bemerken, daß nun, ja gerade nun eine große Änderung mit ihm vorging.

Es giebt eine grenzenlose Unterwerfung, eine eifersüchtige Dienstfertigkeit, welche den Empfangenden zu einem Sklaven, zu einer Sache umschafft. Nicht eine Minute der Freiheit, nicht ein Stümpfchen von Eigenwillen behält er. Die geringste Äußerung einer solchen ruft nämlich zwanzig neue Pläne zur Bereicherung des Gewünschten und einen förmlichen Gewitterschauer stürmischen Thuns hervor.

Es giebt auch eine Art der Vertraulichkeit, welche sich in einsame Gefilde unserer Seele eindrängt, die vorher noch niemand betreten, – eine Vertraulichkeit, welche Gedanken errät, heimliche Erwägungen hervorzieht, die einen Menschen scheu macht, welcher bisher gewohnt war, alles gut verschlossen zu halten.

Dies und manches andere geschah auch mit Mansana. In wenig Tagen fühlte er sich übersättigt; eine unsägliche Müdigkeit folgte der doppelten Aufregung, jener der Verzweiflung und dann der Freude, und machte ihn nun doppelt reizbar. Es gab Momente, wo er Teresa und die Gesellschaft verabscheute. Er empfand ja selbst Entsetzen darüber, betrachtete es als schwärzeste Undankbarkeit und, ehrlich wie er war, gestand er es zuletzt der Fürstin.

Er ließ sie ahnen, wieviel er gelitten und wie nahe sie dem Untergang gewesen und daß dies Übermaß wilder, öffentlicher Belustigungen, in die er nun geraten war, gerade das Gegenteil von dem sei, was ihm notthue. Er konnte nicht mehr.

Diese Entdeckung ergriff sie sehr.

In einem Sturm von Selbstanklagen bestimmte sie, daß er Ruhe haben solle und sie beide abreisen müssen.

*Sie* wollte nach Rom und nach Ungarn, um ihre Angelegenheiten für die Hochzeit in Ordnung zu bringen; *er* sollte in eine kleine Bergfestung im Süden, wo er für ein paar Monate mit einem Offizier tauschen konnte, welcher gerade nach Ancona wollte.

Stark, wie sie war, waren alle Vorbereitungen in kürzester Zeit getroffen.

In zwei Tagen waren beide abgereist.

Der Abschied war von Teresas Seite ergreifend, von Mansanas wahrhaft herzlich; ihre Liebe, ihr Eifer rührten ihn.

Doch kaum war er allein, schon auf der Reise und dann in der Garnison, versank er gänzlich in Schlaffheit. Er hatte von ihr fast keine andere Erinnerung als die eines fürchterlichen Lärms.

Er mochte nicht einmal die Briefe öffnen, welche von ihr kamen; er fürchtete deren Heftigkeit.

Sie schrieb und telegraphierte mindestens einmal am Tage und als die Pflicht zu antworten ihm zu drückend ward, da flüchtete er sich aus seinen eigenen Gemächern, wo all das Unerledigte lag und wartete.

Außerhalb der Dienstzeit trieb er sich daher in den nahen Wäldern und Bergen umher; denn die Gegend besaß eine ungewöhnlich wilde Schönheit.

Auf diesen Touren konnte er alles in eine Art Blendwerk auflösen. Eine Principessa-Herrlichkeit hat in Italien viel weniger Anziehendes als anderwärts; dazu giebt es deren allzuviele in diesem Lande, und allzuviele in recht zweifelhaften Verhältnissen. Auch Teresas vom Vater ererbter Reichtum hatte nichts Verlockendes; ihre Mutter hatte ihn ja gewonnen, indem sie ihr Geburtsland in dessen Erniedrigungsepoche verriet. Nicht einmal Teresas Schönheit hielt Stich; denn sie begann schon überreif zu werden. Ihr wunderbares Zusammenfinden vermochte nicht mehr die lange Demütigung zu verwischen, welche sie ihn hatte durchmachen lassen, und ihr Ungestüm erfüllte ihn mit Überdruß. Es gab wohl Momente der Ermannung, wo die Bilder andere werden wollten; allein da erhob sich sein Stolz und sagte ihm, er würde in dieser Verbindung doch stets der unterlegene Teil bleiben, ja zuletzt vielleicht der Gegenstand ihrer Launen werden; denn war er es etwa nicht schon gewesen?

Von seinen Morgenspaziergängen ruhte er sich gewöhnlich auf einer Bank aus, welche ein wenig oberhalb der Stadt unter einem alten Olivenbaum angebracht war. Von hier ging er dann hinab und aß sein Frühstück.

Als er sich eines Morgens hier erhob, sah er einen älteren Mann und eine junge Dame die verlassene Bank einnehmen. Dasselbe geschah zur gleichen Stunde am nächsten Morgen. Wieder am nächsten blieb er, nicht unfreiwillig, etwas länger sitzen und konnte dadurch die Dame sehen und mit dem alten Herrn sprechen. Die Leichtigkeit, mit welcher die Italiener eine Unterhaltung und Bekanntschaft anknüpfen, ließ ihn bald erfahren, daß der alte Herr ein pensionierter Offizier des früheren Regimes sei und das Mädchen seine Tochter, etwa fünfzehn Jahre alt und soeben aus dem Kloster gekommen.

Sie hielt sich dicht an den Vater, sprach nur wenige Worte aber diese mit der allersüßesten Stimme.

Von nun an trafen sie sich jeden Tag, und zwar nicht zufällig. Er wartete so lange oben, bis er sie unten kommen sah, und ging dann zur Bank.

Die beiden waren so freundlich und still. Der Alte sprach täglich etwas ängstlich von Politik; wenn er damit zu Ende war, wendete sich Mansana mit ein paar Worten an die Tochter.

Sie war das wiedererstandene Bild ihres Vaters. Er war beleibt gewesen; noch bewahrte sein Gesicht eine gewisse runzlige Fülle. Sie mußte in der Zukunft ebenso aussehen; ihre kleine runde Gestalt ließ dies erwarten; allein nun hatte dieselbe noch jene Knospenfülle, welcher ein Morgenkleid so wohl ansteht, und Mansana sah sie nie in einem anderen.

Die Augen des Vaters waren matt und wässerig, die ihrigen aber halb geschlossen; sie trug auch den Kopf etwas vorhängend. Gesicht und Erscheinung des lieblichen Wesens hatten eine eigene stille Anziehungskraft.

Das Haar trug sie einen Tag wie den anderen ängstlich nach der allerneuesten Mode aufgesteckt; es verriet das die Lust des Klosterkindes, in dieser schlimmen Welt auch ein wenig mitzuthun.

Die runden kleinen Hände, welche so gut und fest an den Gelenken saßen, beschäftigten sich immer mit irgend einem Putzgegenstand, über welchen das Haupt sich beugte und auf welchen die halbgeschlossenen Äuglein schauten. Sie blickte auf, wenn Mansana zu ihr sprach, doch meist nur von der Seite, obgleich nicht an ihm vorbei. Eine unausgeschlossene Kinderseele guckte halb scheu, halb froh, aber ganz neugierig aus denselben heraus – in die neue Welt hinein und auf die neuen Menschen hin.

Je mehr man solche halbgeschlossene Augen betrachtet, desto mehr beschäftigen sie; denn sie liefern nie ganz ihren Inhalt aus.

Was die ihrigen betraf, so saß oft der Schelm in deren Winkeln, und was dieser Schelm von ihm dachte. – Mansana hätte viel darum gegeben, wenn er es hätte wissen können. Und gerade um es aus ihr herauszulocken, erzählte er ihr viel mehr von sich, als er je ein und derselben Person erzählt hatte.

Es unterhielt ihn, die zwei Lachgrübchen ihrer Wangen arbeiten zu sehen und Rührung um den kleinen Mund zucken, welcher nie sich recht öffnete, – so rot und süß wie eine unberührte Waldbeere.

Doch noch mehr unterhielt es ihn, wenn sie mit einer Stimme, deren unschuldiger Klang ihm ins Herz drang, verschämt, aber neugierig ihn über seine bevorstehende Hochzeit auszufragen begann.

Ihre Gedanken über Verlobung und Hochzeitsreise, welche sie nie offen aussprach, die aber aus all ihren Fragen herauslugten, schienen Mansana so köstlich, daß sie ihm den Gegenstand selbst wieder lieb machten.

Ihr also verdankte Teresa es, wenn sie zehn bis zwölf Tage nach seiner Hierherkunft wirklich einen Brief und dann noch mehrere erhielt.

Er war kein Meister der Feder, die Briefe wurden also kurz wie seine Rede; wenn sie aber recht warm wurden, so dankten sie das wieder der Kleinen. Jeden Morgen nach dem Frühstück schrieb er; jeden Morgen hatte er nämlich in dem unschuldigen Geplauder mit ihr, im Anblick ihrer frischen Formen, in der spielenden Thätigkeit ihrer Hände und in der Harmonie ihres Mundes, der Augen, der Grübchen, im Genusse des Klangs ihrer Stimme ein heiteres Behagen gefunden und seine Sehnsucht erwachen gefühlt.

Gerade der Gegensatz zwischen ihr und Teresa ließ diese so großartig erscheinen, in all' ihrer inneren und äußeren Pracht, wenn er nachher beim Schreibtische mit ihr sprach.

Über ihre Heftigkeit vermochte er noch nicht zu lächeln; allein mit welcher Größe faßte sie nicht sein Stillschweigen auf!

»Ich hatte es gar nicht bedacht; *natürlich brauchst du mir nicht zu schreiben*! Du mußt *für uns beide* Ruhe haben; gewiß solltest du auch *meine* Briefe los sein, – wenigstens deren Ungestüm. Doch vergieb mir! Es ist einzig deine Schuld, so wie es einzig die meine ist, was du noch leidest und was ich mir nie verzeihen werde, sondern durch ein ganzes Leben will gutzumachen suchen!«

Nicht eine Frau unter Tausenden hätte so gedacht und geschrieben, – das mußte er sich selbst gestehen, – aber auch, daß sie ihn noch immer aufregte. Um sie selbst ausgeglichener, stiller zu machen, erzählte er ihr von Amanda Brandini – so hieß nämlich die Kleine.

Er gab ein Gespräch wieder, welches er mit dem Mädchen über Hochzeit und Ehe geführt. Es schien ihm selbst so fesselnd und dabei ganz gut wiedererzählt; er mußte es noch einmal durchlesen.

Auf die heiteren Begegnungen des Morgens, auf welche Mansana sich den ganzen Tag über freute, folgte nie eine Aufforderung, sie zuhause zu besuchen. Diese ehrbare Zurückhaltung gefiel ihm. Aber diese Begegnungen erhöhten immer mehr seine Sehnsucht nach Teresa, und wie unsäglich überrascht war die Fürstin, als sie von Mansana ein Telegramm empfing, daß er hoffe sie in drei Tagen in Ancona zu treffen; er sehne sich.

An dem Tage, an welchem er dies Telegramm abgeschickt hatte, kam er auf einen kleinen Platz, auf welchem ein Kaffeehaus lag, und da er durstig war, trat er hier ein.

Während er dasaß und wartete, schaute er auf den Platz hinaus; er war nie vorher hier gewesen.

Da bemerkte er auf einem Balkone gerade gegenüber Amanda Brandini.

Also hier wohnte sie!

Aber neben ihr und an dasselbe Gitterwerk gelehnt und so nah zu ihr, daß er ihren Atem schlürfen konnte, stand ein junger, schmucker Lieutenant. Gerade an diesem Vormittage war derselbe Mansana vorgestellt worden und dieser hatte zugleich vernommen, daß der Jüngling der Nachbargarnison angehörte und allgemein der »Amorino« genannt wurde.

Aber nun blickten Amorinos Augen in jene Amandas; sie lächelten beide und ihre Lippen bewegten sich, und da man die Worte nicht verstehen konnte, so schien es Mansana, als flüsterten sie vertraulich. Sie hörten gar nicht auf.

Giuseppe Mansana fühlte sein ganzes Blut gegen sein Herz strömen und einen heftigen Stich. Er erhob sich und wollte fort, erinnerte sich, daß er nicht bezahlt, was er unberührt hatte stehen lassen, kehrte noch einmal um und that es.

Als er herauskam und aufsah, gewahrte er mit Erstaunen, daß die beiden auf dem Balkone mit einander handgemein geworden. Der Amorino bedrängte sie und sie wehrte sich, rot wie Blut. Die Kampfstellung hob ihre Gestalt hervor; die Erregung verschönte ihr Antlitz. Amorinos nachlässigsicheres Drauflosgehen bildete dazu einen empörenden Gegensatz.

Wer hatte nur solch einen Hausdieb eingelassen?

Wo steckte der Vater?

# X.

Am nächsten Morgen saß Mansana früher als gewöhnlich auf der Bank; aber auch die beiden anderen kamen früher. Auch sie schienen an den Begegnungen Gefallen zu finden und wollten dieselben verlängern, nachdem deren nur mehr zwei zu erwarten waren. Von der unumgänglichen politischen Einleitung des Vaters wandte sich Mansana plötzlich zu Amanda:

»Wer war der Herr, mit welchem Sie gestern auf dem Balkone rauften?«

Die schönste Röte übergoß ihre Wangen, während die Augenlider sich noch tiefer senkten. Doch vermochte sie ihn anzuschauen.

Ein junges Mädchen errötet über alles; dies wußte Mansana nicht.

Er wurde ebenso bleich, wie sie rot geworden. Dies erschreckte sie; er merkte es wohl und – mißdeutete es.

Der Vater, welcher mit offenem Munde dagesessen, brach in die Worte aus:

»Ah, nun verstehe ich! Luigi, mein Neffe, Luigi Borghi! Ja, er ist auf ein paar Tage hier zu Besuch, …… bleibt bis über das städtische Fest. – – Hahaha, ist das ein Tollkopf!«

Aber Giuseppe Mansana begab sich gleich von der Bank weg zu seinem Freunde Major Sardi, dem zuliebe er gerade diese Garnison gewählt hatte, und befragte ihn um Luigi Borghis Ruf.

Derselbe war schlecht.

Hierauf ging Mansana zu dem jungen Lieutenant, welcher in einem Hotel wohnte und eben aufgestanden war. Luigi Borghi grüßte ehrerbietig und entschuldigte sich gegenüber dem übergeordneten Offizier.

Sie nahmen beide Platz.

»Ich reise morgen von hier zu meiner Hochzeit ab. Dies schicke ich voraus, damit Sie das, was ich zu sagen habe, verstehen, so wie es gemeint ist. Ich habe nämlich während meines Aufenthalts in dieser Stadt viel Freundschaft für ein unschuldiges junges Mädchen gefaßt. Sie heißt Brandini.«

»Ah. Amanda!«

»Sie ist Ihr Bäschen?«

»Ja wohl;«

»Stehen Sie zu ihr in irgend welchem anderen Verhältnis? Gedenken Sie sie zu heiraten?«

»Nein; – aber –«

»Ich habe keinen anderen Beweggrund, Sie darum zu fragen, als den eines Gentleman. Sie brauchen nicht zu antworten, wenn Sie keine Lust dazu haben.«

»Gewiß nicht. Ich wiederhole aber ganz gern, daß ich durchaus nicht die Absicht hege, Amanda zu heiraten; – sie ist ja sehr arm!«

»Gut; warum besuchen Sie aber ihr Haus? Warum erwecken Sie dadurch Gefühle bei ihr, welchen Sie nicht entgegenzukommen gedenken, Gefühle, welche sie leicht auf Irrwege führen können?«

»Diese Worte scheinen mir eine Beschuldigung zu enthalten!«

»Ganz gewiß. Man kennt Sie als rücksichtslosen Roué.«

»Signore!« – er erhob sich. Sogleich auch der lange Kapitän.

»Ich, Giuseppe Mansana, behaupte es und stehe Ihnen zur Verfügung«

Aber der kleine Luigi Borghi verspürte durchaus keine Lust, sich in so jungen und unterhaltenden Jahren von dem ersten Fechter der Armee töten zu lassen. Daher schwieg er und schlug die Augen nieder.

»Entweder Sie geloben mir, nie mehr das Brandinische Haus zu betreten und Amanda nicht aufzusuchen, – oder Sie haften für die Folgen. – Ich will dies geordnet haben, ehe ich abreise. – Weshalb bedenken Sie sich?«

»Weil ich als Offizier nicht gestatten kann, daß man mich zwinge –«

»Zu einer guten Handlung? Danken Sie Ihrem Gott, wenn Ihnen das geschieht. – – Vielleicht aber fasse ich die Sache falsch an. Denn ich hätte sicherlich vorher sagen sollen: Thun Sie, um was ich Sie bitte, und ich bin Ihr Freund und Sie können auf mich rechnen, in welche Not Sie auch kommen!«

»Ich will gern der Freund eines so berühmten Offiziers sein und noch lieber will ich auf Giuseppe Mansanas Hilfe rechnen können.«

»Also – Sie versprechen mir?«

»Ich verspreche es.«

»Danke! – Ihre Hand darauf!«

»Von Herzen gern!«

»Leben Sie wohl!«

»Leben Sie wohl!«

Zwei Stunden später geht Mansana über den Toledo der kleinen Stadt. Da bemerkt er Amanda und Luigi, welche in einem sehr unterhaltenden Gespräche vor einem Laden stehen; wenigstens lachen sie sehr viel.

Der Vater ist im Laden und bezahlt. Sie sehen Mansana nicht eher, als bis er zwischen ihnen beiden steht.

Sein gelbbleiches Gesicht genügt, um Amanda zu ihrem Vater hineinzutreiben; doch der noch viel mehr erschrockene Lieutenant bleibt stehen und sagt, indem er einen Schritt zurücktritt:

Ich versichere Ihnen, Signore, ich wurde gerufen! – Und wir – lachten gar nicht über Sie!«

Da stieß Amanda drinnen im Laden einen Schrei aus. Es geschah wegen der Miene, mit welcher Mansana ohne ein lautes Wort, ohne eine weitere Bewegung, nur einen Schritt, einen einzigen, auf den lieben Vetter zu that. Es lag aber der Siebenellensprung eines Leopards in diesem einen Schritt; im nächsten Moment mußte Luigi des Todes sein.

Doch alle im Laden und auf der Straße wendeten sich gegen die Dame, welche geschrieen und die sich nun dicht an den Vater drängte. Man schaute von ihr weg und rings umher.

Zwei Offiziere standen ruhig auf der Straße und redeten mit einander.

Was war es denn? –

Die, welche sich draußen befunden, kamen nun herein in den Laden und alle sammelten sich um Amanda.

Was war es denn nur? –

Allein sie, welche zum erstenmal in ihrem Leben so viel Blicken und so viel Fragen ausgesetzt ist, wird ganz entsetzt, und der Vater, welcher aus ihr keine Antwort herausbringt, wird ganz verzagt.

Da trennt Mansana die Gruppe um Amanda und bietet ihr mit stummem Befehle den Arm; sie beeilt sich ihn anzunehmen und verschwindet, – der Vater ihr nach.

Als sie die Leute außer Hörweite hatten, sprach Mansana:

Es ist meine Pflicht, Sie darauf aufmerksam zu machen, daß Ihr Verwandter Lieutenant Borghi ein Elender ist, welcher Züchtigung verdient und sie auch kriegen soll!«

Wie wurde Amanda nun wieder aufgeschreckt, erstlich dadurch, daß Luigi ein Elender war, obgleich sie nicht recht wußte, was dies besagen sollte, und dann daß Luigi sollte gezüchtigt werden, obschon sie nicht ahnte, warum.

Diesmal starrte sie mit völlig geöffneten Augen in jene Mansanas und schaute dadurch um nichts klüger aus. Auch der Mund hatte sich geöffnet, allein nicht um zu reden. Eine große Neugier begann das Entsetzen zu durchbrechen; Mansana bemerkte dies, und so groß auch sein Zorn noch soeben gewesen, so mußte er nun doch lächeln über diese Unschuld, so rührend dumm, und über deren komisch-schönen Ausdruck.

Und nun, da er dadurch wieder in gute Laune versetzt war, konnte er auch den Vater komisch finden.

Dieser sah aber auch wirklich aus wie ein Schulknabe, dem man im Halbdunkel Gespenstergeschichten erzählte. Um Mansana zu beweisen, daß er das Schaurige zu würdigen verstehe, legte er die tiefste Dankbarkeit an den Tag und bat schließlich den Kapitän, sie nachhause zu begleiten.

Dies that auch Mansana, und Amanda, welche von ihm mehr zu erfahren hoffte, schmiegte sich treuherzig und einschmeichelnd an ihn.

Er begann wohl die Absicht zu ahnen und unterhielt sich darüber; aber bald vergaß er dieselbe und hörte nur mehr, wie melodisch die Stimme über schelmische Worte hinrieselte, fühlte nur mehr, wie dieser süße, von Grübchen umflatterte Mund, wie das Rätselspiel der halbgeschlossenen Augen, wie ihr ganzes harmonisches Wesen für einen Moment ihm ganz allein geweiht war und daß diese jugendfrische Formenfülle einen Moment lang an seiner Seite atmete.

Am nächsten Morgen sollten sie sich zum letztenmale treffen; doch zum letztenmal durfte es nicht sein; er mußte außerdem noch am Nachmittag zu ihnen kommen; denn erst abends reiste er.

Entzückt ging er fort.

Der Frieden, welcher durch seinen Umgang mit Amanda in sein Inneres gekommen, zeigte sich auch darin, daß er am gleichen Nachmittag ins Zimmer des unglücklichen Luigi kam und ihn um Entschuldigung bat. Er konnte ja nichts dafür, daß ihn sein Bäschen auf der Straße getroffen und ihn angesprochen hatte.

»Und wenn ihr über mich lachtet –«

»Aber wir thaten es ja gar nicht!« versicherte der erschrockene Amorino.

»– so hattet ihr darin vielleicht recht. Mein Eifer war etwas komisch. Ich sehe das nun ein. Hier ist meine Hand.«

Mit Hast wurde dieselbe ergriffen; einige unzusammenhängende Worte wurden gesprochen. Mansana ging, – in unerschütterlicher Überlegenheit, wie er gekommen war.

Der kleine Lieutenant, welcher vorher schon in Gesellschaft des Todes gesessen, fühlte sich nun von schwindelhafter Freude ergriffen. Er hüpfte in die Höhe und brach in schallendes Gelächter aus.

Mansana vernahm dies Gelächter und blieb auf der Treppe stehen.

Luigi schauderte über seine eigene Unvorsichtigkeit und als es wieder an der Thür klopfte, so konnte er vor Schreck gar nicht: »Herein!« sagen. Allein die Thür öffnete sich trotzdem.

»Haben Sie gelacht?« fragte Mansana.

»Nein, bei meiner Ehre!« schwor der Amorino und hob beteuernd beide Hände auf. Mansana stand eine Weile und schaute ihn stumm an.

Allein nachdem er sich wieder entfernt hatte, kehrte auch Luigis Jubel wieder; er konnte nichts dafür. Und da er weder zu lärmen noch zu springen wagte, so mußte er es erzählen. Dies geschah im Offizierskaffeehaus unter gewesenen Schulkameraden. Es erregte auch große Heiterkeit. Bei den Gläsern hagelte es gute Witze über den unglücklichen Kapitän, welcher gerade vor seiner Hochzeit mit einer Fürstin einer kleinen Pensionärstochter zuliebe Skandal machte. –

Dies vernahm Mansanas Freund, Major Sardi, mit eigenen Ohren.

Am nächsten Morgen hatte Mansana auf der Anhöhe seine letzte Zusammenkunft. Dieselbe begann viel früher als gewöhnlich und endete viel später und erst vor der Thür des Brandinischen Hauses.

Am Nachmittag kam er, seinem Versprechen gemäß, wieder, um Abschied zu nehmen. Halb neckisch, halb schmachtend sprach Amanda von der Hochzeit, ganz so wie sie es fühlte; denn für ein wohlerzogenes italienisches Mädchen ist die Hochzeit ja der Eingang zum irdischen Paradiese, d.h. zu dem Orte, wo alle Unsicherheit, aller Zwang und alle Plackerei aufhört und in welchem ewige Freiheit, neue Kleider, Spazierfahrten und Opernabende beginnen.

Ihr süßes Geplauder sang seine eigene Sehnsucht wach; ihr hübsches kleines Persönchen gab dem Liede noch volleren Klang, so daß er im Gefühle seines nahen Glücks ihr erzählte, welchen Anteil sie selbst daran hatte.

Klein Amanda kriegte wieder Thränen in die Augen; – junge Mädchen kriegen so leicht Thränen in die Augen, wenn man von ihnen gut spricht. Und da mußte sie ihm gestehen, daß sie solches Zutrauen in ihn habe. Sie sagte ihm dies, weil sie in seiner Nähe stets ein kleines bißchen Furcht empfunden hatte; dies sagte sie ihm aber nicht.

Da nun das mit dem Zutrauen nicht so wahr war, wie sie es in diesem Momente wünschte, so fügte sie ein Lächeln bei. Dasselbe sollte die Wirkung verstärken. Allein das Lächeln strahlte dorthin, wo die Luft noch voll von ihren Thränen war und bildete dort, – ich meine in Mansanas Brust, – einen unbegreiflich schönen Regenbogen.

Er nahm ihre runde, kleine Hand zwischen seine beiden; – dies war der Abschied.

Er sah ihren Busen, Arme und Haupt über sich auf der Treppe, dann wieder auf dem Balkon. Er hörte über den Platz hin ein melodisches »Adieu!« und noch eines, – und bog dann in die Seitengasse ein.

Er hatte Sardi nicht nahen gesehen; sah nicht, daß er gerade auf ihn loskam und fuhr verwirrt auf, als ihn ein Schlag auf die Schulter weckte.

Sardi lachte: »Ist's wirklich wahr? – Bist du in die Kleine da oben verliebt? – – Du schaust wohl danach aus!«

Mansana wurde kupferrot; die Augen starrten; der Atem ging hurtig.

»Was redest du da?« fragte er. »Woher weißt du –?« er hielt inne. Er könnte doch nicht *erzählen*, was er *hören* wollte, ob nämlich jemand – – ob Luigi etwa – – –»Was sagst du da?« wiederholte er endlich.

»Meiner Treu, wirst du nicht ganz verwirrt!«

»Was sagst du?« wiederholte Mansana zum drittenmal, noch tiefer rot, runzelte die Brauen und legte, nicht ganz sanft, seine Hand dem Major auf die Achsel.

Dies verletzte Sardi. Mansanas Heftigkeit kam ihm auch so unerwartet, daß er nicht Zeit zur Überlegung fand; also erzählte er, um sich selbst zu verteidigen und den ungerecht Aufbrausenden zu ärgern, Mansana alles, was man von ihm schon sagte und daß man sich im Offizierskaffeehaus über ihn lustig gemacht.

Mansanas Zorn kannte keine Grenzen. Er schwor hoch und teuer, wenn Sardi ihm nicht gleich angebe, wer dies gesagt, er ihn selbst dafür würde verantwortlich machen. Es fehlte nicht viel und die beiden Freunde hätten sich gefordert. Allein Saldi fand doch wieder so weit seine Fassung, daß er dem anderen vorstellen konnte, welch' häßliches Aufsehen es machen würde, wenn Mansana sich mit ihm oder mit sonst irgend jemand wegen seines Verhältnisses zu Amanda Brandini schlüge – und zwar am Tag vor der Abreise zu seiner Hochzeit mit Fürstin Teresa Leaney. Die beste Antwort wäre wegzufahren und zu heiraten.

Hierauf neues Aufbrausen. Er wolle seine eigenen Angelegenheiten schon selbst in acht nehmen und selbst seinen Ruf wahren; heraus mit den Namen! –

Sardi hatte keinen Grund, dieselben zu verschweigen und nannte sie einen um den anderen, mit dem Zusatz, wenn er alle diese kleinen Jungen töten wolle, – ihm könne es recht sein!

Mansana wollte alsogleich ins Kaffeehaus, als ob jene noch dort säßen. Sardi bewog ihn jedoch, das Thörichte davon einzusehen; allein Borghi wenigstens wolle er jetzt aufsuchen.

Da nahm es Sardi auf sich, den Lieutenant auszufordern; »aber«, fragte er, »weshalb soll er eigentlich gefordert werden?«

»Wegen dessen, was er gesagt hat!«

»Daß du in Amanda Brandini verliebt bist? – Und bist du es denn nicht?«

Wäre Mansana abgereist, ohne Major Sardi getroffen zu haben, so hätte er ein paar Tage später ruhig die Fürstin Leaney geheiratet. Nun geschah dagegen folgendes:

Mansana: »Unterstehst du dich zu behaupten, daß ich Amanda liebe?«

Sardi: »Ich frage ja bloß. Liebst du sie aber nicht, was zum Teufel geht es dich dann an, daß dieser Gelbschnabel es erzählt oder daß er sie selbst liebt – oder sie verführt – –?«

»Du bist ein roher Schurke, daß du so etwas aussprechen kannst!«

»Was bist dann *du*, der du einen jungen Menschen anfährst, weil er mit seiner Base scherzt – –«

»Scherzt!« Mansana ballte die Fäuste, preßte die Lippen zusammen.

Sardi beeilte sich einzuwerfen: »Wer wird denn auf sie acht geben, wenn du abgereist bist!«

»Ich reise nicht ab!« schrie Mansana.

»Du reisest nicht? – Hast du den Verstand verloren?«

»Ich reise nicht,« wiederholte Mansana mit erhobenen Händen und Armen, als legte er einen Eid ab.

Sardi erschrak. »So liebst du sie ja!« flüsterte er.

Mansana sank förmlich zusammen. Er stöhnte tief; es erschütterte seinen ganzen kraftvollen Körper.

Sardi fürchtete einen Schlaganfall.

Da erhob sich Mansana gleichsam über sich selbst; sein Gesicht leuchtete und langsam, vollkommen dessen überführt, sprach er:

»Ich liebe sie!« – und hierauf, zu Sardi gewendet: »Ich reise nicht!«

Und von da an war er wie ein Sturmwind. Er drehte sich um, schaute umher und – sauste fort.

»Wohin gehst du?« fragte Sardi und eilte ihm nach.

»Zu Borghi.«

»Aber ich soll ja zu ihm gehen!«

»So geh'!«

»Und wohin gehst du?«

»Zu Borghi!« – Er blieb stehen und fügte mit Begeisterung hinzu: »Ich liebe sie. Jeder, der sie mir entreißen will, *soll sterben*!« – Er wollte fort.

»Aber liebt sie dich denn?« rief Sardi laut; er vergaß, daß sie sich auf der Straße befanden.

Mansana hob die Hände in die Luft und sagte mit hohler Stimme: »*Sie soll mich lieben!*«

Sardi wurde ängstlich: »Giuseppe, bist du toll?« Die Aufregung in deiner Seele ist für dich zu groß gewesen. Nun hat sie in einem neuen Gegenstand nur neue Kraft gewonnen. Du bist nicht du selbst! – Giuseppe, – laufe mir nicht weg! – Siehst du denn nicht, daß du den Leuten auf der Straße auffällst?«

Da blieb Mansana stehen. »Weißt du, was mich krank gemacht hat? Gerade daß ich auf die »Leute auf der Straße« Rücksicht genommen habe. Ich mußte schweigen, dulden und mich treten lassen! Davon wurde ich krank.« – Er machte einen Schritt näher zu Sardi. »Und nun will ich in alle Welt hineinschreien: »Ich liebe sie!«

Er schrie es auch wirklich, drehte sich um und entfernte sich mit stolzem Gang; Sardi eilte ihm nach und nahm ihn unter den Arm. Er führte ihn, ohne daß der andere es beachtete, in eine noch engere Gasse. Dieser schritt nur vorwärts und begann mit lauter Stimme und heftigen Gebärden zu reden.

»Was war das für mich«, sagte er, »der Mann der Fürstin Leaney zu werden, der Verwalter der Güter von Ihro Durchlaucht und der Diener ihrer durchlauchtigen Launen?«

Und seine heimlich verwundete Eigenliebe brach los. »Nun erst gestehe ich mir selbst die volle Wahrheit: das wäre für Giuseppe Mansana ein unwürdiges Leben geworden!«

Sardi dachte, wenn der schweigsame, wenigstens äußerlich bescheidene Giuseppe Mansana ganz plötzlich zu schreien und zu prahlen beginne, so könnte auch sonst alles Unerdenkliche geschehen, – und mit einer Ausdauer und Erfindungsgabe, welche ihm alle Ehre machte, suchte er seinen Freund zu bewegen, eine kleine Reise, nur für zwei Tage, zu unternehmen, um sich über die zusammenströmenden Gefühle und Verhältnisse klar zu werden.

Aber dies hieß in einen Orkan hineinreden.

# XI.

An demselben Abend erhielt Amanda in großer Heimlichkeit einen Brief, welcher sie sehr neugierig machte. Sie zündete Licht an und las ihn. Er war von Luigi! – der erste, den er ihr je geschickt – und lautete:

»Amanda!

Ein toller Mensch verfolgt mich und will mich töten. Vor einer Stunde habe ich ihm feierlich geloben, ja, ich habe es unterschreiben müssen, daß ich für ewig auf Dich verzichte und ich darf nicht einmal mehr mit Dir sprechen! Das war feig, ich weiß es. Ich verachte mich selbst, so wie Du mich verachten wirst.

Dies kommt aber alles daher, weil ich erst jetzt, seitdem ich die Erklärung abgegeben habe, weiß, daß ich Dich liebe! Vielleicht that ich es auch vorher nicht. Aber nun liebe ich Dich so grenzenlos, und nie war jemand auf dieser Welt so unglücklich wie nun ich.

Ich kann mir nicht vorstellen, daß es aus ist! Es kann nicht für immer sein!

Alles beruht übrigens nur darauf, Amanda, ob Du mich nicht allzutief verachtest. Denn wenn Du mich liebst, so erreicht der tolle Mensch ja doch nichts damit, und dann wird's noch einmal anders.

Ich bin hier wie in Gefangenschaft. Ich darf mich nicht rühren. Aber das weiß ich, wenn Du mir nicht wieder heraushilfst, so will ich sterben.

Amanda! Ein Wort, ein Zeichen! Das Schreiben scheint mir zu gefährlich. Ich weiß nicht, wie ich Dir diese Zeilen werde zukommen lassen. Versuche Du nur nicht, mir einen Brief zu schicken. Er könnte auf die Spur geraten.

Aber morgen beim Fest! Sei dort, bei der Musik! Sei dort, bis ich Dich gefunden habe. Nur mit den Blicken! Sind sie freundlich, so weiß ich alles. Ach, Amanda, der Rest ergiebt sich schon von selbst, wenn Du erst mein bist. Amanda!

Dein zum Sterben unglücklicher Vetter Luigi.«

Gleich nachdem Amanda diesen Brief gelesen, fühlte sie, daß sie Luigi liebe. Auch sie hatte sich darüber nicht vorher Rechenschaft gegeben. Aber nun liebte sie ihn grenzenlos, dessen war sie gewiß.

Was Mansana von ihm gesagt, mußte wohl ein Mißverständnis sein und das Versprechen, welches Luigi gegeben, war natürlich wertlos. Mädchen nehmen dergleichen nicht so buchstäblich, wenn es ihnen nicht passend scheint. – Außerdem war Mansana ja abgereist.

Also am nächsten Tage, dem Festtage, einem prachtvollen Herbstmorgen, war Amanda schon früh auf den Beinen; die Musik hatte um Sonnenaufgang die Straßen durchzogen und die Kanonen hatten dazu gedonnert. Die in- und auswendig geschmückten Kirchen waren ganz voll und auch die kleine Amanda befand sich in bestem Staate mit ihrem Vater daselbst. Sie betete für Luigi. Nachdem sie fertig war, übte sie sich im Lächeln. Sie sollte ja Luigi mit ihrem freundlichsten Blicke Trost bringen.

Nach der Prozession und dem Mittagessen eilte sie fort; schon spielte die Musik auf dem Markte. Sie trieb ihren alten Vater derartig zur Eile, daß sie zu den ersten Erwachsenen gehörten, welche auf den Platz kamen, allein dadurch auch, ehe eine Stunde um war, zu den meist eingeklemmten.

Amanda betrachtete das schweißtriefende Gesicht ihres Vaters und dachte an ihr eigenes und wie häßlich es nun in Luigis Augen erscheinen würde. Sie mußte heraus, es koste was es wolle, und doch sollte der Preis keine verlorene Rose, keine zerknitterte Schleife, ja, nicht einmal etwas Anstrengung sein, denn diese macht ja noch röter.

Daher ging es auch nicht rasch vorwärts; ach, heißer und heißer wurde ihr! Sie hörte die große Trommel und ein paar Trompeten aus dem Gedröhne des Redens und Lachens jener Tausende, unter welchen sie verschwand; sie sah den Turm auf dem Rathaus und den Kolben, welcher länger herabhing als die Glocke; das war das letzte, was sie über den Menschenwogen sah, in welchen sie untertauchte. Des Vaters erbarmungswürdiges Gesicht sagte ihr, wie rot und abscheulich das ihrige sein mußte, – und die Kleine begann zu weinen.

Aber auch Luigi war einer der ersten bei der Musik gewesen, und da weder die Stadt noch ihr Rathausplatz sehr groß war, so konnte es nicht anders kommen, als daß die zwei, welche einander im wogenden Menschengetümmel suchten, schließlich sich auch von Antlitz zu Antlitz gegenüber standen. Er sah sie hocherrötend durch Thränen lächeln. Er nahm die Röte für Freude, die Thränen für Mitleid und das Lächeln für das, was es sein sollte.

Der Vater in seiner Angst und Not begrüßte Luigi als seinen Rettungsengel und bat: »Hilf uns heraus, Luigi!«

Und Luigi begann augenblicklich zu helfen. Leicht war die Arbeit nicht, ja, der Vater und Amanda gerieten ein paarmal in wirkliche Gefahr, sodaß Luigi die Empfindung hatte, als sei er ein Held. Mit Rücken und Ellbogen schirmte er sie und mit unablässig auf Amanda gerichteten Augen schwelgte er in ihrem Anblick.

Er sprach nicht; er brach nicht seinen Eid! Dies verlieh ihm ein stolzes Bewußtsein; er mußte edel aussehen und er fühlte es am Reflex von Amandas Augen, daß er in der That edel aussah.

Doch kein irdisches Glück währet ewig.

Vor einer Viertelstunde hatte Giuseppe Mansana ihn in der Volksmenge entdeckt und war ihm mit jenem Instinkte, welcher der Eifersucht eigen ist, ganz von ferne gefolgt, was ihm, der so groß war, gar nicht schwer fiel. Der andere hatte in seinem rastlosen Suchen nur nach vorwärts gearbeitet und daher gar keine Ahnung von der Gefahr hinter seinem Nacken, und nun fesselte ihn so sehr seine Ritterpflicht, nämlich sein edles Bild von Amandas Augen zurückgestrahlt zu sehen, daß er nichts merkte, ehe nicht Mansanas Hyänengesicht vor ihm auftauchte und sein brennender Atem ihm über die Wangen strich.

Amanda stieß ihren bekannten Schrei aus; der Vater schaute fürchterlich dumm drein und Luigi war verschwunden.

In demselben Nu hatte Amanda ihren Arm in den Mansanas und dazu noch die warme behandschuhte Hand auf die seinige gelegt; zwei allerschönste, halbgeschlossene Augen blickten voll Schelmerei, Furcht und Bitte in die seinigen auf.

Nun war man aus dem Gedränge; man vermochte endlich wieder ein Wort zu verstehen und Mansana hörte von einer Stimme, welche die Engel in den Himmel hineinläuten konnte: »Papa und ich waren in großer Gefahr. Wie prächtig, daß wir Hilfe fanden!« – und er fühlte den Druck ihrer Hand.

Mansana hatte doch dieselben Augen sich in jene Luigis versenken gesehen, und durch seinen Kopf flog ein Gedanke, den er später im Leben sich wohl tausendmal wiederholte, den er nun aber im nächsten Momente vergaß, und dieser Gedanke lautete:

»Ich bin da in eine dumme, lächerliche Geschichte geraten!«

Die kleine Plaudertasche ihm zur Seite fuhr fort:

»Der arme Luigi traf uns mitten im Gedränge; Papa bat ihn uns beizustehen und er that es, ohne ein Wort zu sagen.

Und gleich darauf: »Es ist doch hübsch, daß Sie nicht for sind. Nun müssen Sie mit uns nachhause, sodaß wir recht ordentlich sprechen können. Es war neulich so unterhaltend!«

Und ihr junger Busen hob sich und senkte sich hastig unter der Seide; ihr rundes Handgelenk über dem Handschuh, ihre kleine Fußspitze unter dem Kleid, ihr roter Mund voll von Geplauder und Gelächter und die zwei Augen in halbverschleierter Vertraulichkeit – – –

Mansana ging mit.

Er erwähnte Luigis Namen nicht; derselbe saß wie eine scharfe Spitze in seinem Herzen; er drückte sich um so tiefer ins Fleisch, je schöner das Mädchen war.

Dieser Kampf zwischen Liebe und Schmerz machte Mansana ganz stumm. Doch desto hurtiger ging ihr süßer Mund, während sie ihn zum Setzen bewog und Früchte herbeiholte, welche sie ihm selber schälte und vorlegte. Es freute sie so sehr, daß ihre Begegnungen auf der Anhöhe noch fortdauern sollten, ja, sie brachte eine Verabredung wegen eines kleinen Ausflugs zustande, den sie schon am nächsten Morgen vornehmen sollten; das Frühstück wollte sie selbst mitbringen.

Noch hatte er nur in einzelnen Silben geantwortet. Er konnte in diese harmlose Idylle nicht mit seiner Leidenschaft hineinbrechen, und doch war der Kampf in ihm so heftig, daß er es nicht aushielt, sondern von dannen ging.

Erst als er über die Treppe hinab war und die unermüdlich einschmeichelnde Verführerin ihren letzten Gruß vom Balkone hinabgeschickt hatte, schloß sie die Altanthür zu und warf sich schluchzend vor dem Vater auf die Kniee.

Er fühlte sich nicht im mindesten überrascht.

Er empfand das gleiche Entsetzen wie sie. – Mansanas Abschiedsblick hatte im Verein mit seinem ganzen Wesen die Stube mit einer so beängstigenden Atmosphäre erfüllt, daß es den Vater ebensowenig gewundert hätte, wenn sie im nächsten Momente wären in die Luft gesprengt worden. Und als Amanda durch Thränen flüsterte:

»Vater, wir müssen fort!« – antwortete er nun:

»Ja, mein Kind; wir müssen natürlich fort!«

Es mußte dies heimlich geschehen und daher am liebsten gleich diese Nacht.

# XII.

Giuseppe Mansana war in Borghis Wohnung gewesen, ohne ihn zu treffen, im Offizierskaffeehaus gewesen, ohne ihn zu treffen, und dann unter den festlichen Menschenscharen; doch Luigi hatte er nirgends gefunden. Dagegen war er vielen Offizieren begegnet, manchen darunter in bürgerlicher Gesellschaft, und alle schienen zu schweigen, wenn sie ihn erblickten, und zu flüstern, wenn er vorbei ging.

Wie immer auch das Spiel stand, in welches er sich eingelassen, – verlieren durfte er nicht. Seine Ehre verbot es.

Erschöpft an Leib und Seele saß er des Abends auf der Lauer vor dem Kaffeehaus, welches gegenüber von der Brandinischen Wohnung lag. Bei Amanda brannte Licht. Sie packte die wenigen Gegenstände, welche sie mitnehmen wollten; denn um der Sache den Anstrich einer kleinen Reise zu geben, beabsichtigten sie alles Wesentliche zurückzulassen.

Doch Mansana dachte: »Dies Licht ist vielleicht ein Zeichen!« Und richtig. Als Amanda von der Anspannung ihrer Kräfte und der Arbeit ermüdet war, trat sie, um ein wenig Luft zu schöpfen, auf den Balkon; man sah sie deutlich in dem Lichte, welches von rückwärts auf sie fiel; sie blickte die Straße hinab.

Erwartete sie jemanden von dieser Richtung her?

Ja, man vernahm Schritte.

Dieselben näherten sich.

Es war ein Mann.

Er folgte der Häuserlinie von Amandas Balkon.

Nun ging er an einer Laterne vorbei; Mansana sah eine Offiziersmütze und ein bartloses Gesicht; er sah auch Amanda sich tiefer herabbeugen.

Ein junges Mädchen, das liebt, glaubt den Geliebten zu jeder Zeit, an jedem Ort zu sehen, besonders, wenn sie mit Angst liebt.

Als der Offizier sie bemerkte, ging er langsam unter den Balkon, blieb stehen und schaute hinauf.

Amanda eilte hinein und schloß hinter sich zu; der Offizier ging weiter.

War ein Stelldichein verabredet worden?

In einem Sprung war Mansana über den Platz hinüber; aber der Offizier war schon um die Ecke gebogen, und als Mansana diese erreichte, nicht mehr auf der Gasse.

In welches Haus hatte er sich versteckt?

Er konnte doch nicht die ganze Straße aufwecken, um zu suchen; – er mußte es aufgeben.

Dieser unbedeutende Vorfall, daß nämlich ein Offizier, welcher in der Nachbarschaft wohnte, unter einem Balkon hielt, auf welchem er eine junge Dame ganz allein stehen sah, – dieser unbedeutende Vorfall entschied über Mansanas Geschick.

Er legte sich diese Nacht nieder, nicht um zu schlafen, sondern um in seiner Herzensqual wieder und immer wieder aufzuspringen und sich zuzuschwören, daß Amanda am nächsten Morgen ihm angehören solle oder er wolle nicht länger leben.

Allein am nächsten Morgen war Amanda nicht auf der Anhöhe. Er wartete eine ganze Stunde, ohne daß jemand kam.

Da ging er in ihr Haus. Hier, vor der Thür zu Brandinis Wohnung, stand eine alte Frau mit dem Frühstück und einem Zettel in der Hand. Als Mansana nach dem Thürklopfer greifen wollte, sagte die alte Frau:

»Es ist niemand daheim, wie es scheint. Aber lesen Sie mir diesen Zettel, welcher an dem Hammer hing.«

Mansana nahm denselben: »Verreist. Näheres folgt. B.«

Er ließ den Zettel fallen und ging fort.

Die Frau rief ihm nach und fragte, was denn auf dem Zettel stehe.

Allein er antwortete nicht.

Als Fürstin Leaney am nächsten Morgen nach Ancona kam und Mansana nicht auf dem Perron traf, wurde sie, sie wußte selbst nicht warum, von großer Angst ergriffen. Sie begab sich selbst zur Telegraphenstation und sandte ihm einen herzlichen Gruß, der zugleich ihre Furcht ausdrückte. Sie ging nachhause und wartete; ihre Furcht stieg von Stunde zu Stunde. Endlich kam der Bote und brachte das für das Antworttelegramm bezahlte Geld zurück; Kapitän Mansana habe jene Stadt verlassen.

Die Furcht überwältigte sie. Die Selbstvorwürfe, in welchen sie all diese Tage gelebt, wuchsen zu Bergen und raubten ihr alle freie Aussicht. Sie mußte dorthin, wo er war, ihn finden, mit ihm reden, ihn pflegen; sie ahnte das allerschlimmste.

Am Abend stand sie in Begleitung eines einzigen Dieners auf dem Perron.

In der Morgendämmerung ging Teresa vor der Kreuzungsstation der südlichen und westlichen Züge auf und ab. Es waren nicht viele Reisende da und die wenigen, welche hier waren, schaute sie nicht an. Aber desto mehr schauten die Reisenden sie an, wenn sie an ihnen vorbei strich, in einen weiten Pelzmantel gehüllt, welchen sie um die Schultern geworfen, so daß die Aermel frei herabhingen, auf dem Kopf eine Pelzmütze, unter welcher das offene Haar und der Schleier sich verwickelt hatten. Die großen Augen und das ganze Antlitz sahen aufgeregt und überanstrengt aus.

Bei ihrem Auf- und Abwandeln ging Teresa öfters an einer hochgewachsenen Dame in ärmlicher Kleidung vorbei, welche dastand und unablässig auf den Güterwagen blickte, um welchen mehrere Leute beschäftigt waren. Als die Fürstin wieder einmal vorbeikommt, ist ein Offizier gerade hinzugetreten, welcher mit der Dame spricht und auf eine Frage vom Gepäckwagen her laut antwortet:

»Mansana!«

Die Fürstin stürzt herbei.

»Mansana?« ruft sie.

»Fürstin Leaney?« flüstert der Offizier und grüßt ganz erstaunt.

»Major Sardi!« antwortet diese, fügt aber rasch hinzu: »Mansana? Sie nannten Mansana!«

»Ja; dies ist seine Mutter!«

Während Sardi die beiden Damen einander vorstellte, zog die Mutter ihren Schleier beiseite und der Anblick dieser edlen Züge traf das Herz der Fürstin mit solcher Zutrauen weckender Gewalt, daß sie sich in ihre Arme warf, als fände sie hier einen schützenden Hafen vor aller Not und allen Gedanken, und sie brach in heftiges Weinen aus. Die Mutter hielt sie still an sich; doch schien sie zu warten. Sie streichelte ihr liebreich die Wangen, sagte aber nichts.

Sobald Teresa wieder sprechen konnte, fragte sie: »Wo ist er?«

»Dies weiß keiner von uns,« antwortete ruhig die Mutter.

»Aber wir hoffen es bald zu erfahren,« ergänzte Major Sardi.

Die Fürstin sprang auf, starrte kreideweiß die beiden an: »Was ist geschehen?« rief sie.

Die bedachtsame Mutter, welche in so vielen Stürmen fest gestanden, sagte mit gefaßtem Sinn:

»Vermutlich haben wir die gleiche Reise vor. Laßt uns ein Coupé für uns allein nehmen; dann können wir einander erzählen und überlegen.«

Und so geschah es.

# XIII.

Die Familie Brandini war zu Nina Borghi, Brandinis Schwester und Luigis Mutter, gereist. Und mit dem gleichen Nachtzug, mit welchem die Brandini flüchteten, flüchtete zufällig auch der Held Luigi. Sie entdeckten einander gegen Morgen auf einer Station, bei welcher Luigi absteigen mußte. Er war so entsetzt, daß er an ihnen vorbei wollte, ohne ein Wort zu sagen. Doch der alte Brandini hielt ihn fest und klagte seine Not. Luigi sagte bloß:

»Fahre zur Mutter!« – und ging seinen Weg.

Allein als er in seine Garnison kam, verfügte er sich dennoch zur Telegraphenstation und kündigte in sehr aufgeregter Stimmung der Mutter das Kommen ihres Bruders an.

Das Telegramm lautete so beängstigend, daß die Empfängerin desselben, welche ganz allein außerhalb von Castellamare bei Neapel wohnte, darüber sehr in Schrecken geriet. Und dieser Schrecken verminderte sich nicht, als der Bruder und seine Tochter ankamen und erzählten, was ihrem Sohne Luigi und ihnen drohte.

Kapitän Mansana hatte erraten, daß die Familie Brandini mußte südwärts gereist sein; der Nachtzug führte nur nach Süden.

Allein nachdem er zwei Tage lang vergebens nach einem Ausgangspunkte für seine Nachforschungen gesucht, kehrte er um und fuhr nach der Stadt, in welcher Luigi Borghi lag. Dieser mußte wissen, wo die beiden sich befanden, und mit dieser Kenntnis sollte er herausrücken oder – die Folgen selbst tragen!

Da Mansana wußte, daß er eine viel bekannte Persönlichkeit sei, so ging er mit großer Vorsicht zuwerke, damit Luigi nicht vorzeitig gewarnt werde. Deshalb mußte er zwei Tage in der Stadt zubringen, ehe er den Lieutenant traf.

Es geschah dies auf der Gasse, wo ihm Mansana in einem kleinen bürgerlichen Kaffeehause aufgepaßt hatte.

Zu seiner Verwunderung war Luigi durchaus nicht so entsetzt, wie er erwartet hatte. Und zu seiner noch größeren Verwunderung sagte er ohne Vorbehalt, wo die Familie Brandini sich befand.

Mansana schöpfte Verdacht; er machte Luigi darauf aufmerksam, was es ihn kosten würde, wenn er etwas anderes als die Wahrheit sage. Allein der Kleine blinzelte nicht einmal mit den Augen, als er schwor, er rede die Wahrheit.

Die weitere Abrechnung mit dem Lieutenant mußte verschoben werden.

Mansana reiste noch denselben Tag mit der Eisenbahn nach dem Süden.

Was wollte er?

Immer noch das Gleiche; sie sollte sein werden.

Darum ward Luigi geschont.

Seit Amandas so listig vorgenommener Flucht raste es in seiner Seele; dergleichen sollte niemand ungestraft wagen!

Er liebte sie nicht; nein, er haßte sie, und darum sollte sie sein werden! Wenn nicht –!

Diese kurze Gedankenreihe immer und immer wieder. Ringsum tanzten Bilder seiner Kameraden; dieselben standen in Haufen und lachten ihn aus.

Er war ja genasführt worden, und das von einem kleinen Mädchen, welches eben das Kloster verlassen, und von einem kleinen Lieutenant, welcher erst von der Schule gekommen war!

Wieso es dazu hatte gelangen können, daß dieser Kampf mit zwei unbedeutenden Kindern das Ende einer so stolzen Laufbahn geworden, – darüber vermochte Giuseppe selbst nicht klar zu werden.

Das Bild der Fürstin, welches in der ersten Erregung sich selten gezeigt hatte und dann mit Zorn war beiseite gestoßen worden, es tauchte nun um so häufiger und größer vor ihm auf, je matter und beschämter er sich fühlte. Sie war das Ziel für das Leben, zu dem er bestimmt war; so hoch überragte dieses Ziel alles! Und dabei dachte er gar nicht an ihren Rang, sondern nur an die lichten Bahnen ihres Denkens, an die Schönheit ihres Wesens, welches die Bewunderung aller Menschen noch gehoben hatte.

Gleichzeitig sank Amandas Bild. Er war nicht ganz sicher, ob sie nicht einen runden Rücken hatte. Er war im stande, darüber nachzusinnen.

Wer uns einmal in den Augen der Welt und in unseren eigenen lächerlich gemacht hat, zieht für sich selbst selten Gewinn daraus. Und nachdem Mansana schon so weit gekommen war, daß ihm Amandas Figur klotzig, ihr Gesicht und ihre Rede unbedeutend, ihre Stimme singend, ihr Haar dumm geordnet, ihr Wesen übertüncht und schmeichlerisch schien, da fragte er sich selbst, ob es nicht doch das lächerlichste von allem war, solch ein Mädchen zu zwingen, daß sie Signora Mansana werde!

Nein; es gab etwas noch viel lächerlicheres, nämlich sich ihretwegen zu töten.

Was sollte er also? Zur Fürstin zurück?

Dieser Weg war ihm versperrt, – hunderttausendmal von seinem Stolz versperrt! –

Von Amanda fort und noch weiter fort, z.B. in den spanischen Bürgerkrieg?

Das Leben eines Abenteurers; wie leer! Lieber doch gleich daheim sich töten!

Umwenden und alles beim alten lassen? – Die Fürstin verloren, die Bewunderung der Kameraden verloren, den Glauben an sich selbst verloren. Die einzige Art, auf welche er zurückkehren konnte, war an ihrer Seite, mit der verdammten kleinen Person! Mit ihr am Arm stand er als Sieger da, und wenn er um dieses Preises willen ein unglückliches Leben führen sollte, es mußte sein. Die Ehre war gerettet und in seine Seele würde niemand blicken.

Es war ja auch wirklich ehrenvoll, eine reiche Fürstin verworfen und die Tochter eines armen Pensionärs genommen zu haben, – ja sogar im Kampfe gegen sie selbst.

Doch indem er diesen Schluß zog, empörte sich sein ganzes Innere gegen all die Lüge, welche diese »Ehre« vor der Welt verhüllte. Er sprang im Coupé von seinem Sitz auf, setzte sich aber gleich wieder; er war nicht allein.

Der Zug eilte seinem Ziele zu.

Welch ein Ziel! Sicher stand nur seines Lebens Untergang, ein Opfer der Ehre, – ob er nun sein Ziel erreichte oder nicht.

Die barmherzige Macht des Schlafes legte sich ins Mittel. Er träumte von seiner Mutter. Wie ein Himmel ruhte über ihm ihr großes, edles Auge. Er weinte und wurde geweckt. Es war ein alter Mann im Coupé, welcher nicht mehr vermocht hatte, sein Schluchzen zu ertragen.

Da hielt der Zug. Sie befanden sich in der Nähe von Neapel; Mansana stieg aus.

Der Morgen war herrlich. Der klare Himmel, umrandet von den fernen Linien der Höhenkette, erinnerte und mahnte; Giuseppe bebte in der Morgenkälte und begab sich wieder in den Lokomotivrauch, welcher gerade zum Fenster hereinschlug, in das Rollen und Lärmen des dahinbrausenden Zugs, zurück zu den eigenen qualvollen Gedanken.

Als man dann längs des Meeres dahinfuhr, was hätte er darum gegeben, wenn der Zug abgebogen und langsam, geradeaus ins Wasser geglitten wäre! Welch ein sanfter, schöner Tod!

Er versteckte sich in seiner Ecke, als man in Neapel anhielt; in der großen Menschenmenge konnten auch Bekannte sein.

Der Tag wurde herrlicher und herrlicher und der Zug schlängelte sich zwischen den Küstenstädten dem Meer entlang hin; die Sonne schien mild wie an einem Sommermorgen herab und ihr Licht brach sich in der salzigen Seeluft und warf farbigen Schimmer auf Gebirge, Landschaft und Meer.

Als Mansana dann ausstieg und nach seinem Bestimmungsort fuhr, und mehr noch, als er den Wagen abgefertigt hatte und die steilen Klippen hinanstieg, – unter sich das Meer und die weite Aussicht auf den Golf, umringt von Inseln, welche einer Leibwache von ungestalten Seeungeheuern glichen, und von Bergen, welche der Vesuv beherrschte, von weißschimmernden Städten, aus welchen leichter Rauch aufkräuselte, – da empfand er die Bedeutung des Lebens, – nicht seines *eigenen* Lebens, dieser Jagd nach Ehre, diesem Kampf, er wußte selbst nicht um was, nachdem derselbe doch in einem Nichts endigte, – nein, des Lebens, wie es gemeint war, unter Gottes hochgewölbtem Himmel, mit Seinem Abglanz auf allen Dingen und auch auf den Zielen, welche das Leben selbst setzt.

Er näherte sich der letzten Höhe und bemerkte bald das Haus, welches, von hohem, spitzigen Gitterwerk umgeben, auf dem Felsgipfel lag. Da klopfte sein Herz. Er konnte sich nicht irren; Haus und Weg waren ihm vom Kutscher zu genau beschrieben worden.

Also hier.

Und ehe er sich noch recht klar gemacht, was er fühlte, stand sie auf dem Altane, sie, Amanda, in ihrem hellen Morgenkleide, mit ihrem Lächeln, als habe sie gerade, als sie herauskam, etwas Drolliges gesagt oder gehört.

Sie bemerkte ihn gleich, stieß ihren gewohnten Schrei aus und lief hinein.

Wie ein totmüder Jäger sogleich wieder all seine Spannkraft erhält, wenn er plötzlich vor dem gesuchten Tiere steht, so empfand auch Mansana eine wilde Stärke, eine unzähmbare Entschlossenheit, und ehe er sich dessen bewußt war, stand er vor dem eisernen Gitterthor, läutete an, sprang aber drüber.

Durch die Bewegung neu belebt, erwachten all seine Soldateninstinkte; er wendete sich gleich um und zog den Schlüssel ab, welcher an der Innenseite steckte. So waren nun die Leute im Hause in seiner Gewalt.

Die Thür des Gebäudes selbst war angelehnt; er öffnete sie. Er kam in einen großen, hellen Gang. Farbiges Glas brachte ein eigentümliches Spiel des Lichts auf den Statuetten, dem mosaikbelegten Steinboden und den mit Fächerpalmen, Blattpflanzen und Blumen gefüllten Vasen hervor. Auf ein paar antiken Ruhebetten lag hier ein Strohhut mit blauem Band, – war es ihrer? – dort ein Sonnenschirm von eigenem moirirtem Stoffe mit einem köstlich geschnitzten Griff, welcher in einen großen blauen Stein endete.

Er erinnerte sich dieses Schirms und eine schmerzliche Empfindung begleitete diese Erinnerung, obgleich er nicht versuchte, dieselbe zu verstehen. Denn er läutete an. Er hatte Eile. Doch es öffnete niemand. Er begann zu zittern und wollte dies niederkämpfen; allein es ging nicht.

So konnte er hier nicht stehen bleiben; er mußte rasch handeln oder er war verloren.

Er läutete noch einmal.

Die Entschlossenheit wuchs mit dieser That. Nun hieß es biegen oder brechen.

Innen öffnete sich ein Zimmer; ein Lichtschein flog in das Entré; das geriefte Glas ließ ihn nicht mehr wahrnehmen, als daß diejenige, welche herauskam und nun hinter sich die Thür schloß, groß und blau gekleidet war.

Kaum war die Thür hinter ihr geschlossen, so wurde es im Gange drinnen wieder ganz finster.

Wer war das?

War das Haus etwa voll mit Gästen?

Ein wahres Entsetzen erfaßte ihn bei diesem Gedanken, welcher ihm erst in diesem Augenblick gekommen war.

Welche Auftritte, welche Unklarheit, welche Zwischenfälle, welche unerbetenen Leute ihn hier wohl erwarteten!

Er war vielleicht in einen Bienenkorb voll aufgeschrecktem Zorn und Widerstand geraten, – vielleicht war's eine Narrenfahrt, die er gethan!

*Nein, er wollte sie kein zweitesmal machen!*

Und er nahm all seine Willenskraft zusammen und tastete nur nach seiner Waffe.

Da ging die große Thür vor ihm auf und in der hohen Öffnung erschien – –

Ja wohl, in der hohen Thüröffnung erschien Teresa Leaney in blauer Kleidung, mit bleichem Gesicht.

Und er? Er stand ohne Fassung, ohne Bewegung.

Die Thür war ganz offen; sie blieben jeder auf *seiner* Seite der Schwelle stehen. So still wie sie selbst war alles um sie herum, innen und außen. Da streckte sie die rechte Hand aus. Ein Beben durchflog ihn. Sie breitete beide Arme aus und mit dem Klang eines metallenen Instrumentes, das einen Stoß bekommen, stürzte er an ihre Brust.

Und er nimmt sie auf seinen Arm und er trägt sie auf das Kanapee und er setzt sie auf seinen Schoß, – beugt den Kopf an ihren Busen und indem er sie an sich preßt, steht er bald auf mit ihr und setzt sich bald nieder und bricht an ihrer Brust in gewaltsames Weinen aus. Nicht ein Wort der Erklärung.

Endlich setzt er sie neben sich aufs Kanapee und wirft sich selbst vor ihr auf die Kniee.

Mit grenzenloser Bewunderung schaut er auf zu ihrem Antlitz, welches lächelt. Nun war er unterworfen, überwunden; wäre er dies nicht worden, – nie hätte es auf Erden gut werden können mit Giuseppe Mansana.

Und als er, durch dies demütige Gefühl gereinigt, in flammender Dankbarkeit seinen Blick erhob, da traf er nicht den ihrigen. Derselbe war jemand anderem, jemand hinter ihm zugewendet; denn dort stand seine Mutter.

Sowohl er als Teresa erhoben sich.

Unwillkürlich griff er nach den Händen der Mutter.

Und als er sie erfaßt, da küßte er dieselben und kniete wieder nieder und führte sie auf sein Haupt.

Was hatte er nicht alles erlebt, seit er bei des Vaters Bahre dem Blicke der Mutter mit Trotz begegnet war!

Mansana kam in diesem Haus nicht weiter als bis zum Eingang. Die beiden Damen kehrten um, um Abschied zu nehmen, er ging voraus hinab. Warum voraus? Weil er leise einen Schlüssel ins Schloß stecken und im Garten voll Hast und Scham einen Revolver von sich schleudern wollte.

Dann sank er auf einen Stein, überwältigt von Furcht, Glück, Dankbarkeit und von Entsetzen über sich selbst, – alles in einer einzigen unauflöslichen Wirkung. Die zwei, welche mit dem Diener und dem Gepäck nun nachkamen, fanden ihn, den Kopf in den Händen begraben, auf dem Wege sitzen.

Mansana brauchte nicht viel zu hören, um zu verstehen, wie dies Zusammentreffen möglich geworden. Sardi hatte sie gerufen; sie hatten Luigi Borghi aufgesucht, in der Überzeugung, daß er von den Brandinis wissen und daß Mansana früher oder später dieselben ausfindig machen werde. Darum war auch Luigi so tapfer aufrichtig gewesen, weil er wußte, daß die beiden Damen schon dort seien.

Mansana war ganz verstummt.

Die weise Mutter ahnte Unrat und bat um kurze Rast in Neapel, indem sie vorgab, derselben zu bedürfen. Sie suchten ein Hotel auf, welches abseits und ganz still gelegen war. Hier brachte die Mutter Giuseppe nach vielem Widerstreben ins Bett. Und als er endlich schlief, so war es, als sollte er nie wieder erwachen. Fast der ganze folgende Tag verging. Als Mansana erwachte, fand er sich allein; er war ganz verwirrt und erschrocken; doch ein paar Kleinigkeiten im Zimmer mahnten ihn an die Mutter und Teresa; – er drehte sich wieder um und schlief ein wie ein glückliches Kind. Diesmal aber doch weniger lange; denn der Hunger weckte ihn. Er aß, schlief aber wieder ein. Mehrere Tage und Nächte schlief er fast ununterbrochen. Doch als er dann aufstand, war er still. Er zog sich fast ganz in nachdenkliches Schweigen zurück.

Gerade so hatte es die Mutter erwartet.

# XIV.

Den Schluß mag ein Brief mitteilen, welchen Teresa Leaney an Mansanas Mutter richtete. Derselbe war kurze Zeit nachher auf ihrem Gute in Ungarn geschrieben.

»Theuere Mutter!

– – Endlich erhältst Du eine zusammenhängende Darstellung aller Ereignisse von dem Tage an, da wir in Neapel schieden. Erzähle ich aber etwas, das Du schon erfahren, so entschuldige mich!

Also: Seine anfängliche Scheu ging bald nach der Trauung in einen eilfertigen, demütigen Diensteifer über, der mir bange machte; dies glich ihm so gar nicht! Im ganzen war er weder vertraulich noch seiner selbst sicher, ehe wir nicht in seiner letzten Garnisonstadt gewesen. Er verstand recht gut, warum Du uns vor allem dorthin haben wolltest. Ach, wie war er liebenswürdig! Sogleich, und ich darf sagen, unerschrocken, begann er seinen Spießrutengang zwischen seinen Kameraden. Übrigens kenne ich eine junge Frau, die ihm half. Du mußt nämlich wissen, daß sie nie eleganter, nie heiterer gewesen, als da sie ihren stolzen Freund durch die Demütigung geleiten sollte; in jeder Bewegung, in jeder Miene, in jedem Wort schien sie zu fragen: »Wenn *ich* nichts dagegen sage, wer darf etwas dagegen sagen?« –

Leider bin ich noch so sehr kokett, daß ich nicht übel Lust hätte, Dir zu erzählen, wie ich an jedem dieser drei Tage gekleidet war. (Ich hatte nämlich die Kammerzofe mit der Garderobe aus Ancona kommen lassen!) Allein ich schweige in Demut.

Und ich bin auch ganz sicher, so wie die gewisse junge Frau nach diesen drei Tagen Spießruten in der kleinen Bergstadt geliebt wurde, so ist noch nicht oft ein Weib geliebt worden; es ist eine Kraft in dieses Mannes Seele, zu welcher Du etwas von Deiner eigenen Seele hinzugegeben hast, Du herrliches Geschöpf!

Auch darf ich nicht vergessen, den Mann Sardi zu loben; denn er *ist* ein Mann! Er hatte es so klug angestellt, daß er Mansana für krank ausgab, – was er im Grunde auch war! – und Dich und mich für seine Ärzte. Zum Glück besitzt auch jener, den seine Kameraden schätzen, in ihrem Herzen ein Kapital, von dem er lange zehren kann, ehe es aufgebraucht ist. Man *wollte* von Giuseppe Mansana nur gut denken; dies empfand er, der Teuere, und dies machte ihn so demütig; denn es drückte ihn gar sehr, daß er es nicht verdiene.

In Ancona war es nur ein Spiel; der Stachel war gebrochen. Und nun, nun besitze ich ihn; – ich besitze die stärkste Natur, gereinigt und edel, – besitze den rücksichtsvollsten Herrn, den aufmerksamsten Diener, – besitze den mannhaftesten Geliebten, den je ein italienisches Weib gewonnen; – – verzeihe meine großen Worte; ich weiß, Du magst sie nicht; allein sie *gehören* dazu!

In Bologna – Du siehst, ich fliege! – gingen wir umher und kamen auch am Rathause vorbei. Da hängen zwei Marmortafeln mit den Namen jener, welche im Kampf für die Freiheit der Stadt gefallen. Es zuckte in Giuseppes Arm, und diesem Umstand ist's zu danken, daß wir mit einander ein Gespräch hatten, welches die Grundlage unseres Zusammenlebens noch mehr befestigte.

Du weißt, teure Mutter, wie meine Augen sich in jener Zeit öffneten, als ich betrauerte, was ich in meiner abscheulichen, launenhaften Gewohnheit an Giuseppe verbrochen; dies hatte ihm fast Glück und Leben gekostet. Du weißt, jene öffentlichen Verhältnisse, welche unseren Trotz, unseren Haß, unseren wahnsinnigen Fanatismus, unsere strafwürdige Unduldsamkeit erzeugten, – meine Seele bekämpft sie seither in täglichem Zorn. Ungesunde, unnatürliche öffentliche Verhältnisse vergiften die Gesellschaft und thun mehr Schaden als der unglückseligste auswärtige Krieg; denn es ist nicht zu berechnen, wieviel geistige Arbeitskraft sie verzehren, wieviel Herzen sie aushöhlen, wie vielfaches Familienglück sie zerstören! Ich versichere Dir, meine Mutter, ein Land, welches z.B. eine ungerechte Eroberung gemacht, ge-

nommen hat, was einem anderen gehört, die ganze Gesellschaft zum Mitschuldigen macht, die Moral jedes einzelnen
lockert, die Feder des Gesetzverdrehers, das Brecheisen des
Diebes, das harte Wort des Vorgesetzten zuspitzt; – ach, es
jagt das Herz aus seinem Rechte, in der Familie wie in der
Gesellschaft.

Ein verliebter Narr hat einmal über mich ein dummes Lied
gedichtet; nicht ein wahres Wort steht in demselben. Doch
weißt Du, liebe Mutter, nun fühle ich es, hätte ich Giuseppe
nicht getroffen, – das Lied wäre doch einmal zur Wahrheit
geworden; denn so dumm und herzlos als es ist, so dumm
und herzlos hätte ich schließlich werden müssen. Und weshalb? Weil die unglückseligen öffentlichen Verhältnisse Gift-
stoff in mein Dasein gestreut hatten.

Und meine Geständnisse begegneten jenen Giuseppes. Der
trotzige, eitle Wille war so ganz sein Herr geworden, daß das
allerzufälligste Hindernis ihn das Leben kosten, das allerge-
wöhnlichste Ziel ihn vom Wege ablenken konnte. ... Aber
dieser trotzige, eitle Wille, – in welcher Luft wurde er erzeugt!

Wir schenkten einander volles Vertrauen, an jenem Abend
in Bologna. Und erst da wurde ich seiner sicher, ach, so sicher! –

Hier, auf meinem lieben Gute, hat er nun seine Arbeit be-
gonnen. Hier herrschte ein wahres Chaos; hier fand er Gelegenheit seinen Willen zu üben.

Er will seinen Abschied nehmen; Offizier im Frieden mag
er nicht länger sein. Er bedarf fester, naheliegender Ziele,
und, wenn ich ihn recht errate, sind ihm Ziele, welche der
Welt verborgen sind, die liebsten.

So wenigstens vorläufig; was sich später noch etwa entwi-
ckeln wird, weiß ich nicht. Nur das weiß ich, kommt Italien
einmal in Gefahr, so stellt er sich in die erste Reihe, – und
zwar in jeder Hinsicht.

Gott segne Dich, Mutter; komm nur zu uns! Du mußt ihn
in seiner Wirksamkeit sehen; Du mußt ihn neben mir sehen!

Hat jemals ein Weib einen so aufmerksamen Mann, einen so herrlichen Geliebten gehabt? – Ja richtig, ich darf ja meine starken Ausdrücke nicht gebrauchen, und doch, ich wiederhole es, sind es die einzigen, die ich gebrauchen kann!

Ich liebe Dich; ich sehne mich, Dich wieder und wieder zu umarmen und zu küssen. Du Mutter meines Glücks!

Teuere, Hartgeprüfte, von deren Auge Lobgesang ausgeht, von deren Lippen Worte des Trostes und der Hilfe so erquickend fließen! Du, ja *Du* mußt Dein weißes Haupt über unser Glück beugen, damit dasselbe Demut lerne! Hörst Du! Du mußt uns unterweisen, auf daß die künftigen bösen Tage uns nicht zu zeitig kommen!

Deines Sohnes Frau, Dein, Dein –
*Teresa.*«

## Über tredition

### Eigenes Buch veröffentlichen

tredition wurde 2006 in Hamburg gegründet und hat seither mehrere tausend Buchtitel veröffentlicht. Autoren veröffentlichen in wenigen leichten Schritten gedruckte Bücher, e-Books und audio-Books. tredition hat das Ziel, die beste und fairste Veröffentlichungsmöglichkeit für Autoren zu bieten.

tredition wurde mit der Erkenntnis gegründet, dass nur etwa jedes 200. bei Verlagen eingereichte Manuskript veröffentlicht wird. Dabei hat jedes Buch seinen Markt, also seine Leser. tredition sorgt dafür, dass für jedes Buch die Leserschaft auch erreicht wird.

Im einzigartigen Literatur-Netzwerk von tredition bieten zahlreiche Literatur-Partner (das sind Lektoren, Übersetzer, Hörbuchsprecher und Illustratoren) ihre Dienstleistung an, um Manuskripte zu verbessern oder die Vielfalt zu erhöhen. Autoren vereinbaren direkt mit den Literatur-Partnern die Konditionen ihrer Zusammenarbeit und partizipieren gemeinsam am Erfolg des Buches.

Das gesamte Verlagsprogramm von tredition ist bei allen stationären Buchhandlungen und Online-Buchhändlern wie z. B. Amazon erhältlich. e-Books stehen bei den führenden Online-Portalen (z. B. iBookstore von Apple oder Kindle von Amazon) zum Verkauf.

Einfach leicht ein Buch veröffentlichen: **www.tredition.de**

## Eigene Buchreihe oder eigenen Verlag gründen

Seit 2009 bietet tredition sein Verlagskonzept auch als sogenanntes "White-Label" an. Das bedeutet, dass andere Unternehmen, Institutionen und Personen risikofrei und unkompliziert selbst zum Herausgeber von Büchern und Buchreihen unter eigener Marke werden können. tredition übernimmt dabei das komplette Herstellungs- und Distributionsrisiko.

Zahlreiche Zeitschriften-, Zeitungs- und Buchverlage, Universitäten, Forschungseinrichtungen u.v.m. nutzen diese Dienstleistung von tredition, um unter eigener Marke ohne Risiko Bücher zu verlegen.

Alle Informationen im Internet: **www.tredition.de/fuer-verlage**

tredition wurde mit mehreren Innovationspreisen ausgezeichnet, u. a. mit dem Webfuture Award und dem Innovationspreis der Buch Digitale.

tredition ist Mitglied im Börsenverein des Deutschen Buchhandels.

## Dieses Werk elektronisch lesen

Dieses Werk ist Teil der Gutenberg-DE Edition DVD. Diese enthält das komplette Archiv des Projekt Gutenberg-DE. Die DVD ist im Internet erhältlich auf **http://gutenbergshop.abc.de**

Zeitfracht Medien GmbH
Ferdinand-Jühlke-Straße 7
99095 Erfurt, Deutschland
produktsicherheit@kolibri360.de